冤伸俱樂部

序章

二〇〇五年 台中市

明明才晚上八點三十分，距離補習班下課鐘響還有一陣子，王暮暮已將桌前整晚未翻開的英文課本收拾進背包。

整晚心思明顯不在課堂，平時她可不會這樣，英文是她最喜歡的科目，距離大學指考尚有幾個星期，周圍近百名的同學還在做最後的奮戰，依照過去模擬考的表現，她應該能有不錯的成績，但仔細想了想，這一切似乎與自己無關了。

王暮暮提早離開教室時，恰好被櫃檯行政人員抬頭發現，目前正值考前衝刺期，學生到課情況都被嚴格看管，就連離開教室到樓下買個飲料，也會被特別關照，但對方見走出來的是一名外表乖巧美麗的女孩，頭隨即低了下去，想必以為只是一般上廁所的學生。

她瞥了櫃檯人員一眼，很快地移動到電梯旁，沒有下樓，稍微停頓幾秒，繼續轉到更內側的安全梯間，背包被壓在她的粉色外套底下，看起來鼓鼓的，在她纖細的身材掩飾下，很順利避開補習班的監視，她雙手放在口袋，持續步行向上。

夜晚的頂樓涼風吹起來很舒服。

現在正值秋分，暑氣已經稍微減弱，補習班教室爲了避免同學打瞌睡，冷氣開得非常強烈，王暮暮總是得帶上一件厚外套才有辦法繼續待下去，恰好今日派上用場。

她把外套和背包整齊地放在牆緣，身上穿著淡藍色的高中制服，倚靠著欄杆若有所思，又像是在等待什麼似的，望向今晚明亮的月光，周遭雲層透出朦朧的灰色。

「好美啊……」

王暮暮忍不住脫口而出，在她記憶中，阿月特別喜歡這種夜色的晚上。

阿月是她的男友，本名叫徐月承，跟她就讀同一所私立高中，打從小學時期就因爲戶外教學認識，雖然一直互有好感，直到高中同班後才眞正在一起。

阿月個性開朗健談，對未來總有說不盡的夢想，她很喜歡晚自習結束後的那段空檔，兩人坐在操場旁的看臺，聽著阿月不停說著未來想從事的行業，以及存夠錢後，想開一家屬於他們的小店。王暮暮總是在旁認眞地聽，腦袋勾勒出的畫面越來越鮮明，雖然他的夢想總是變來變去，行業一下從追捕犯人的刑警，一下到推理小說家，甚至最後連考古學者都有，惹得她腦袋有時會打結不連貫，但不變的是，在阿月描繪的未來美好畫面裡，總有一個她的位置，因此王暮暮也不在意，就讓他盡情發揮。

除此之外，阿月也特別照顧小自己六歲的弟弟。

記得有一次弟弟放學被三名少年攔住，恰好被外出買鹽酥雞吃的阿月瞧見，他一眼就覺得小鬼很面熟，才發現書包繡著「王煦裔」三字的小男生是自己女友的弟弟，雖然被揍得鼻青臉腫，依然跟這群比他高一個頭的小流氓們扭打成一團。

「要不是煦裔不怕死的猛打，我還眞沒把握能打贏這些小流氓呢！妳弟弟未來不可限量啊！」阿月拎著傷痕累累的弟弟來到王暮暮家時，笑嘻嘻地猛誇他厲害，阿月身上沒多少傷痕，但皮鞋卻有著數條割傷的痕跡，就曉得應是阿月連跑帶踹趕走了這群小流氓，只是顧及煦裔幼小的自尊心，而想出這套說詞。

王暮暮露出苦笑，趕緊把他倆叫進家門，要他們把髒污破損的衣物脫下，二人光溜著上身，嘻嘻哈哈地被叫去浴室沖洗，打鬧的模樣就像親兄弟一樣，現在想起來，依舊是段十分有趣的回憶。

當一塊暗灰色的龐大雲朵逐漸朝月亮靠攏，月色忽然黯淡。

王暮暮不知何時已經坐在水泥牆邊，一雙女性皮製學生鞋懸在半空晃呀晃，底下就是知名一中商圈，現在慢慢接近補習班下課時間，不少學生出現在各攤位尋覓宵夜點心，好似要慰勞剛才在教室苦讀瀕死的腦細胞，宛如一種不得不進行的儀式。

她如果沒在這裡，想必也正在思考今晚要光顧哪攤好吧。

但事情爲何會發展成這樣子？

短短幾個月的時間，王暮暮思索自己的人生爲何起了如此翻天覆地的變化，如果那天，她可以重來，是否還是會做同樣的決定？

那是放暑假前的事了。

她印象很清楚，那天是一個週末的午後，剛下了一場雷雨，天氣放晴，空氣中還有股淡淡的潮溼泥土氣味。

王暮暮穿著碎花連身洋裝，顯得特別青春洋溢。

她和男友阿月相約好，學校附近新開了一家日式咖啡廳，聽說店裡的鬆餅是用日本麵粉和獨家糖霜製成，從開幕後就大排長龍，直到近期人潮才稍微減少一些。

下週碰上阿月生日，早早就想好趁週末不用上學的時間，提早慶祝一番。

這天她比預期的時間提前了十五分鐘，附近有一整條商店街，閒來無事，她便逛了起來，恰好經過一間販賣藝品店的老店鋪，忽然想起阿月曾跟她提過的事，雖然有點遲疑，還是推門進入店裡。

內部是一間很老舊的店面，專門販售一些從各地蒐集來的古董飾品，偶爾還會堆放看起來一點用處都沒有的異國擺設，整體空間顯得有些雜亂，像是迷宮似的，但最令她不能忍受的，是這裡總是飄著一股奇怪的異味，有種陳年霉味加上一點酸氣，她也說不上來，就是讓人不太自在的味道。

王暮暮忍耐想離開的衝動，還是依靠記憶走到店裡靠牆的一處角落。

「啊，找到了！」

她開心地小聲叫道。

牆上掛了一塊約一百多公分長的深色石板。

石板中央深陷著一朵巨大花朵，花朵基座下方長出一條美麗弧度的枝幹，粗度看起來頂多小拇指大小，蜿蜒的角度恰恰好，彷彿這是一朵雕刻在石板內的花朵浮雕，更像是前一秒還活著的生物直接變成石頭。

「這叫海百合，是侏羅紀時期就生活在海底的動物喔！雖然已經變成了化石，但我總覺得它好像還活著一樣，妳曉得嗎？每次當我自己遇到挫折，或是不想努力的時候，總是會來到這裡看看它，不知道為什麼，有種很安定的感覺，像是在大海中一樣……只是它太貴了，我買不起。但我總是跟自己說，有一天一定要把它帶回家，妳等著看吧！」

不久之前，阿月曾帶王暮暮來過一次，當時她似懂非懂，依然可以從海百合的化石姿態，感受到他說的那種生命力。

只是看到旁邊白色字卡的定價，令她倒吸一口氣。

76萬。

王暮暮此時還是個高中生，這個數字對她來說，簡直就是天文數字。大概只能在汽車廣告上才出現的價格，已經遠遠超出她的認知範圍，無法理解這個定價到底有誰能夠負擔。

但從阿月的眼神，她漸漸明白，那股不服輸的心態，驅使著他繼續努力。

她忽然有個念頭，很想替自己的男友做些什麼。

眼見這塊海百合雖然珍貴，但被店家擺在一個不起眼的角落，旁邊也堆放了不少其他種類的化石及雜物，還積了厚厚灰塵，要不是體積太大，直接搬走也許根本不會被人發現，但這塊海百合少說也有幾十公斤重，念頭立刻打消。

不過下一秒，腦中忽然又升起另一個主意，或許可以嘗試看看。

王暮暮從書包鉛筆盒翻找一陣子，指尖觸碰到一個尖銳的東西。

「有了。」

這是一支細長的雕刻筆，前幾天美術課用剩的工具，她覺得造型可愛，一直擺放在鉛筆盒裡。

王暮暮朝四下張望，沒有人，整間老舊店鋪也沒攝影機。

她緊握雕刻筆，用微微顫抖的手，做了她今生最大膽的舉動。

在石板的最邊緣空白處，刻下男友名字的其中一個字：「月」。

她的手心微微出汗，那是因爲做非法的事情帶來的緊張感，但她完成後，心裡覺得再也沒有人可以搶走這件海百合化石，阿月雖然還沒眞的買下它，但某種程度也成了它的主人。

就算有天這個字被人發現了，單憑一個「月」字，也證明不了什麼事情。

幫男友做了件事，有種暢快的感覺。

就在準備把雕刻筆收回鉛筆盒時，她聽見旁邊展示架傳來一陣沉重的腳步聲，心跳猛然加速，趕緊停下動作，心中盤算等聲音來源遠去後，準備朝展示架另一端悄悄離開店裡。

不過腳步聲似乎沒有如她所願，竟停留在身後，沒有再移動。

那股難聞的異味更加明顯，她知道自己被發現了，而且是最糟糕、最不想碰上的那個人。

「嘿嘿，我還以爲是誰，原來是妳啊！」身後的男人嬉笑說道，輕浮的態度令人生厭。

「只是隨便看看而已。」

王暮暮隨口一答，不看對方，直接往門口走。

「就這樣走了？妳確定？」

「不然呢？我又沒有要買東西。」她勉強回頭說道，厭惡地看他一眼，一股不舒服的感覺從內心裡湧出。

此人是店鋪的房東，更準確地說，是房東的小兒子，幾乎這條商店街有數間連棟的店面都是他們家的。但這人個性古怪，時常調戲路過的女學生，身上總是有股難聞的氣味，自己也不在意，同校女學生總是叫他「老鼠」。

老鼠的家人對他也挺頭痛，只敢把這間老舊的店鋪給他收租，每月怕他惹事，又給了超出上班族月薪的零用錢花用，只求他安份點。

但他最近似乎盯上了王暮暮，每次她經過附近，老鼠坐在街邊總是不懷好意地盯著看，一雙眼珠子都快噴出火來了。

「別這樣嘛，這家店生意不好，我也很難受，要不然妳幫哥哥我介紹同學一下，我就當作什麼都沒看見。」

什麼都沒看見？

王暮暮像是被冰凍般，直盯著老鼠看。

他看到了？什麼時候的事？

「不要一直盯著我啊，尤其被妳這樣漂亮的女孩子看，嘿嘿……」

「我才不要！誰要介紹給你啊。」

「是嗎……現在的學生真不客氣啊……」老鼠瞇著眼睛，突然裂嘴尖聲說：

「不然妳就把這塊化石買回家吧！隨便損壞別人的財產，會造成我的租客很大的困擾的，我可以幫妳跟老闆說情，就算妳五十萬就好？怎麼樣，折扣很多對吧？」

「五十萬……」

「太貴？唉，我想也是，一個高中生怎麼可能有那麼多錢，那不如十萬塊怎麼樣？」

「不，就算是十萬塊也……」

王暮暮被老鼠步步進逼，一時慌了，完全不知道該如何應對。

「沒錢的話，剛剛就別幹這種蠢事！」

老鼠語氣忽然變得嚴厲。

「你到底想怎樣？」

老鼠沒有立刻回答，一雙賊眼直盯著今天特別打扮的王暮暮猛瞧。

「跟我到後面玩玩吧，如果今天玩得開心，我說不定可以請老闆直接送妳那個破化石，反正他今天出門了，我說什麼那老頭子也不敢有意見，怎麼樣？是不是超級划算？」

他伸出粗胖的手臂，直接抓住王暮暮的手腕，緊縮的痛覺很快蔓延上來。

「我不要！快點放開我！」

王暮暮掙扎地甩開手，但老鼠的力量比她想像的還要強勁，不管怎麼拉扯，就是抵擋不了。

「妳叫暮暮對吧？好可愛的名字，其實我注意妳好幾天了……」

老鼠這番像是告白的言語，令王暮暮頭皮發麻，她想逃離，但身體卻一直不斷被拉扯，被扯向店面內部最隱蔽的方向。

黑暗的角落像是地獄一樣，她知道被拉進去，什麼都完了。

她空著的那隻手，趕緊從背包內翻找，終於給她摸到了希望。

猛力朝他肥胖的手臂揮去！

「啊！幹！妳做什麼——」

只見他手臂出現一條長長的血痕，痛得老鼠立刻鬆手。

王暮暮抓著剛才的雕刻筆，顫抖地指著他。

「不要再靠近我了！」

「開什麼玩笑！給我弄成這樣，妳還想跑啊！」

老鼠眼珠佈滿血絲，盛怒下像極了來自地獄的餓鬼，嘴角不時抽動。

他雙手抓住王暮暮的長髮，往旁邊的展示架甩去，碰的一聲，撞得她眼前一黑，痛得連話都說不出來。

混亂中，雕刻筆不知掉去哪，王暮暮覺得自己完蛋了。

老鼠的動作粗暴，她從來沒被人這樣對待過，絕望地望向老店鋪的大門，絲毫沒有動靜。

老鼠令人厭惡地笑著，知道自己反對店老闆裝攝影機，其實是有目的。

「上次那個女學生也以爲會有人來救，但天底下哪有這麼多好事。」

他緊貼著臉，口鼻裡的氣息直接噴到對方臉頰。

王暮暮扭轉過臉貼近地面，此刻的她只能盡可能遠離他噁心的面孔，眼角留下淚水。

就在這個時候，王暮暮隱約聽見有人大吼自己的名字，接著一聲沉重的悶響距離她很近的位置發出。

黏膩的鮮血噴濺到自己臉上。

老鼠的動作像觸電般抽搐，然後停止。

她張開被淚水模糊的眼眶。

是阿月。

他憤怒地喘著氣，手上拿著架上另一個拳頭大小的菊石化石，邊角已經被他砸出血痕，持續朝老鼠揮擊，直到他完全不動爲止。

「哇嗚嗚嗚嗚——」

王暮暮終於忍不住情緒，一股委屈和壓力終於得到釋放，放聲大哭。

阿月花了好一番工夫，先讓王暮暮的情緒逐漸緩解，手邊拿來狠敲老鼠的菊石化石擺放在隨手可拿的地面，就怕這惡魔又突然爬起。

原來，阿月也提早到了附近，但找不到王暮暮，心想繞過來店鋪看看海百合化石打發時間，卻聽到一直都很安靜的老店鋪居然傳出騷動，進門立刻瞧見正在準備侵犯人的老鼠，卻沒想到，受害者居然是自己的女友。

阿月怒極，他以前聽過這傢伙，沒想到這次居然朝王暮暮下手，一連好幾下重重打在他的後腦，直到他完全癱軟才停手。

「暮暮，妳有沒有怎樣？」阿月關切地問。

王暮暮搖搖頭，淚水又開始落下。

「沒事就好，沒事就好……」

「他……死了？」

王暮暮蜷曲在角落，視線落在被血液沾滿而凌亂的後腦毛髮，他面朝下，一動也不動。

「我也不知道。」

阿月湊向老鼠身邊，遲疑一會兒，伸手在他脖子探測脈搏。

他的表情逐漸凝重。

「怎麼樣？」王暮暮擔憂問道。

「好像真的死了。」

阿月抽回手，緊咬著嘴唇說。

她原本因奮力抵抗而泛紅的臉頰，現在瞬間退了血色，腦袋瓜嗡嗡作響，該怎麼辦？她根本不知道該怎麼處理，想到男友為了自己殺人，他們才是高中生，萬一背負上殺人的罪名，阿月過去跟她談過的各種未來和夢想都會消失，這該怎麼辦才好？

她想到這，肩膀不自主地開始顫抖。

我是不是做了什麼不能挽回的錯？

此刻，一隻手忽然穩穩安放在她肩上，是阿月。

「冷靜點，這不是妳的錯，動手的是我，跟妳一點關係也沒有。」

他對王暮暮微微一笑，儘管臉上還有點點血跡。

「要報警嗎？你會不會被警察抓走？」

「有可能，如果警察發現了，這裡沒有其他證人，就連攝影機也沒裝，我們應該很難擺脫罪嫌。」

「那怎麼辦？還是現在快點離開，反正他也沒有朋友的樣子。」

「不好，我們身上都沾有血跡，要是就這樣從大門離開，沒多久，就被路上的人注意，這件事一下子就被發現了。」阿月冷靜地說。

「那該怎麼辦……」

「讓我思考一下。」他沉穩地對王暮暮說。

王暮暮點了點頭，她知道阿月平時很喜愛推理作品，也跟她講過未來如果能擔任刑警應該很酷，常拿各種有趣的電影或書籍跟她討論，有一陣子還借了她幾套小說，連自己也受他影響而著迷，幸好成績倒是沒有太大的影響。

阿月的腦袋是眞的挺聰明的，或許未來眞的能成爲厲害的警察也說不定，不過今天得先撐過這關。

阿月從地上站起，什麼也沒碰，一雙眼睛不斷掃視當下的環境，忽然見老鼠口袋鼓鼓的，發現他身上藏了不少現金，厚厚一疊，看起來傳言眞的不假，這傢伙從家人身上拿的零用金可不少。

緊接著，他跑進老店鋪後方，消失了短短幾分鐘後，推著一台老舊的手推車和一套舊衣，他身上也罩著另一件襯衫，先要王暮暮一起幫他復原現場，接著說：「有個辦法讓我們全身而退，但我需要妳的幫忙。」

阿月和王暮暮忙完所有作業後，已經接近晚上九點。

事發地那間老店鋪，已經復原得差不多，從牆上的行事曆發現，老闆這幾天出國採購，預計一週的時間才會返回台灣。老鼠這傢伙見租客前腳剛走，立刻把店裡當成侵犯他人的絕佳場所，也不知道他這樣幹幾次了。

此刻，他們正準備從校門三百公尺外的一間廢棄修車廠離開，如果這一切都照計畫走，這將是王暮暮見過最完美的計謀。

或許是老鼠的行徑太過惹人厭，幾個月過去，他失蹤的消息一點風聲都沒傳出，就連商店街房東的家人也像是集體噤聲，王暮暮不解這是怎麼回事。直到阿月說，這就是人性，她好像才弄懂在單純的學校之外，這個世界還有一套不同的邏輯，默默運轉著。

頂樓的風變得更強了，吹得王暮暮身子有些發寒，打斷了她的回憶。

在縝密的計畫下，一切都會照舊。

他們會繼續上學、參加大學指考、擔憂是否能分配到同一個縣市的大學，接著畢業找工作，可能還會有更多讓人心煩的事，不過只要兩人一直在一起，好像什麼困難都可以解決。

但有些事情的發展，遠超過自己的預期。

完美的計畫之外，又多出了插曲。

還是高中生的他們，低估了這世界更陰暗的角落，還有其他不可見的眼睛。

就連阿月自己，也想不到吧？

她不埋怨阿月，也不後悔當時的決定。

相反的，她非常感謝阿月。

王暮暮知道當時差點侵犯她的那個惡魔，死有餘辜。

只是這個世界遠比她想像的還更加殘酷，惡魔遠遠不只一位。

「高明的推理就像一場精采的復仇。」

王暮暮喃喃唸道，回想起阿月曾對他說過的一句話，確切的時間她已經記不清了，但這句話像是一顆種子，默默在她心裡發芽。

回頭看了一眼擺放在地面的背包，裡頭是她歷經艱辛才取得的物品，她不僅要給阿月，更留了一段話給他，希望能明白，她這麼做的原因，不只是爲了自己。

「我們的未來，究竟是什麼樣子呢？我好想知道……」

語畢，頂樓柵欄外，此刻已不見她的蹤影。

一聲巨響，劃破黑夜原有的寂靜。

位於四十公尺外的鄰近大樓屋頂，一名長髮女子即便已經全力奔跑，還是阻止不了憾事，幽幽嘆了口氣。

此人行如鬼魅，消失在轉角。

今晚這一躍，將改變未來許多人的命運。

1.

「都二〇二一年了，還在轉傳這種都市傳說，我真的很想勸勸這些流言製造者換點新把戲，一點挑戰性都沒有。」

王煦裔嘆口氣，身體慵懶地向後埋進辦公椅，盯著電腦螢幕裡剛完成的查證報告。

這是關於日據時期舊刑場的無頭軍人幽靈傳說，他僅僅花了三十分鐘，就把這陣子不停在社群媒體轉傳的都市傳說查證破解，還附上精確的流言出處和闢謠說明，免去一家新落成的商場遭受恐怖流言侵襲，甚至被某些跟風衝流量的Youtuber入侵騷擾的風險。

近年資訊流通快速，人們接收訊息的管道多元，自我警覺意識頗高，但因爲來源管道多，也讓假新聞的消息傳播得更快速。

還記得在小學時期，這類日本軍人鬼故事傳得沸沸揚揚，一下是學校操場舊址是專門砍頭的刑場，一下又是哪間新改裝完成的飯店鬧鬼，半夜踢正步的軍魂出沒。

其實只要稍加查證，搭配原址古地圖等地藉資料，很多傳說都不攻自破，台灣哪來這麼多日本舊刑場，絕大多數都是謠言，鬼故事只是後人基於各種目的添加而成的傳說。

「你真的不相信世界上有鬼啊？」

台中市刑事警察偵查第一大隊隊長柯憲拎著一袋手搖飲進來，隨手給了王煦裔一杯半糖少冰珍珠奶茶，像是很熟悉他的喜好。

「隊長你忘記我不信鬼神這套啊？如果真的有，我想跟人間也差不多。畢竟鬼都是人變的，死後跟生前還是一個樣，這樣才說得過去。」

「真鐵齒！你都搞成這樣了，還不信邪，我看找時間去拜拜，就算求個姻緣也好，說不定上面還願意把你復職回隊裡，枉費你怪物新人的美名。」

「在這裡也不錯啊，業務單純，少了一堆公文來煩，至少還有空閒幫忙調查一下你搞不定的案件。」

王煦裔指了指白色牆面掛的金屬板，上頭寫著：真相調查研究室。

「只是個菜鳥而已，年輕人講話真不客氣。」柯憲瞥了他一眼，搔了搔有些泛白的鬍渣。

這個由簡易隔間搭建成的八坪獨棟小辦公室，位於鄰近市警局的空地，周遭建商種滿綠化的植物造景，像是個獨立小公園。而這僅一層樓的建築就搭在此處最隱蔽的水泥地，乍看像是臨時工務所。

偵一隊隊長柯憲嘴裡雖抱怨眼前這個二十八歲的年輕人，但過去這小子的確在許多難解的案件上起了關鍵作用，讓自己這個隊長在市警局裡走路都有風。況且跟自己一樣都是艱苦出身，因此特別關照他。

怎知道王煦裔半年前幹了件要命的蠢事，居然在一次中區商業辦公大樓緝毒任務裡搞失蹤，弄得整隊以為他是不是被歹徒抓走，正要求支援時，大樓突然一陣爆炸，灑水系統和警報狂響。直到柯憲在積水的大樓通道發現失魂的王煦裔，他才跟隊長坦承剛剛那場意外是自己搞出來的，但詳細原因，他遲遲不肯透漏。

由於意外搞得太大，基於職責，柯憲應把這場意外往上回報，但王煦裔也不讓隊長難為，自己請辭，讓柯憲也搖頭嘆息。

這場意外隊長硬是用關係，讓專職火場調查的同仁弄成一般意外結案，卻也讓偵查隊裡的其餘隊員有了不同聲音。在王煦裔辭職後，柯憲恰好得知熟識的博物館正打算成立科學調查單位，與近期警局偵辦的打擊網路謠言任務合作，因此就這麼陰錯陽差之下，直接來到這間名為「眞相調查研究室」的新單位報到，雖不具刑警公職身分，但仍直接受柯憲管理。

「欸隊長，等等你電話又要被打爆了。」

王煦裔從辦公椅上起身說道，近一百八的身高，眼神精悍，幸好他愛開玩笑，常帶笑容，面容柔和許多，否則在魁梧的柯憲隊長身旁一站，倒也不遜色。他看著牆上電視螢幕新聞，一行文字插撥快訊，寫了台中綠川發現不明屍體，疑似兇殺案件。

「幹！又跑輸媒體！他們到底在搞什麼鬼！」柯憲氣極趕緊從口袋掏出手機，剛好發出鈴聲，是隊裡的號碼。

「隊長，有需要幫忙就講一聲。」

「我沒這麼落漆好嗎！先來走了！」

王煦裔向走得匆忙的柯憲揮揮手，持續盯著那行快訊，坐回椅子，繼續下一則流言破解的工作。

今年氣候異常，碰上難見的大旱，直到近期才有鋒面，連綿雨勢從上週末就不斷，直到今早才稍停。

柯憲隊長趕到刑案現場時，還不到中午，天空又都是層層雨雲，昏暗的光線就連白天開車都得開大燈。

「死者在哪裡？」

柯憲一臉嚴肅，彎腰走進被刑警圍上的外層黃色封鎖線內。

「隊長，在這。」一名刑警引領他到綠川下方的水岸廊道。

綠川才剛整治過不久，兩側景色煥然一新，夜晚還會點上浪漫燈光，成爲近期年輕人熱門的打卡景點。

在路橋下方，幾名鑑識小隊成員已經抵達現場進行作業。

柯憲隔著最內側封鎖線一看，眉頭忍不住皺起。他已經是老江湖的刑警了，什麼奇怪的案件都碰過，這種死法他倒是第一次見。

就看到一名男性死者頭低低的，雙膝自然彎曲，像是跪地一樣死去。但撇除詭異姿勢不說，屍體上那把貫胸而過的長柄雨傘，讓柯憲也不忍直視。

雨傘是從前胸插入，由脊椎左側穿出，穿出後背約三十公分長。

「看似心臟直接被貫穿破壞，當場死亡。」有一名偵查隊員報告說。

「會不會是喝醉，從橋上摔下來，倒楣被傘刺中啊？」另一名直屬同偵查隊叫郭德海的刑警，推測說道。

近年來中區綠川雖然已經整治過，還得了設計大獎，但因爲鄰近火車站，有些醉漢晚上到處跑，郭德海刑警曾經負責過幾件類似的案件，推測說不定是喝醉想小便，結果從橋上摔下。

「不對，橋高度太低。還有若以這種方式掉下橋，身上衣物會磨損，但他的褲子還很完整，更何況還要維持這種姿勢。」

柯憲蹲在一旁，先是抬頭看了看路橋。這座路橋歷史悠久，打從一九一五年就完工，當年名叫「櫻橋」，因都市變遷而被掩蓋，直到整治工程才發現殘存的橋身，早就是歷史建築的一部分。自從整治後，遊客如織，很難想像此地會有這種怪案發生。

他仔細看著穿出後背已染血的雨傘尖端，是常見的黑色長柄傘，傘頭頂端稱不上尖銳，普通塑膠製品。

這種東西要怎麼穿過去？柯憲暗忖道。

就算是從橋上摔下，也不可能搞成這樣，如果要憑一己之力，也太困難了。

他默默在心中排除自殺的可能。

「死者身分確認了嗎？」

「羅貫虹，三十六歲男性，一般上班族，不過根據轄區派出所員警說，這人有過詐騙集團的前科，綽號罐頭，幾年前才被抓過。」

「喔？這倒是一條線索……那個又是什麼？是死者的東西嗎？」

隊長指著橋墩底下有一個無人手提袋，已經被攏上證物標記。

「裡面至少有幾十萬現金。」剛剛帶領柯憲下來的部屬答道。

「現金？」

柯憲覺得奇怪，如果是為財殺人，按理是不會留下錢財。該不會是氣憤下殺人，所以走得匆忙？

腦袋忽然想起什麼，立刻轉頭問郭德海。

「昨晚到凌晨都在下雨，攝影機有沒有拍到死者或這把傘？」

「隊長，有拍到死者，但沒這把傘。」郭德海有點遲疑地回答，看來他自己也覺得很怪。

「什麼意思？」

「死者約半夜三點在隔壁街道出入，拿的是綠傘，不是他身上這把黑傘。」

不同一把傘？表示現場另有他人。

果然是兇殺！

在柯憲的擴大搜索下，沒多久又在河川下游處找到一把原先死者拿的綠傘。他一面拿起手機拍攝現場照片，一面督促屍體身上的黑色雨傘指紋採集，以及周邊現場採證作業。儘管雨水將地面的血跡沖洗過，但更靠近橋下的血跡還算完整，此外只要這把黑色雨傘指紋還在，要確認兇手不是件難事。

週末傍晚，偵一隊辦公室仍燈火通明，郭德海拿著經電腦系統輔助完成的指紋鑑定報告，快步衝進辦公室，驚慌的模樣，引起隊裡一陣側目。

「隊長！報告出來了！」郭德海喘著氣嚷著。

「按奈？跑這麼快，拿來我看看。」

柯憲接過紙本報告，低頭一看，整個人從辦公椅上彈起。

「黑白來，哪有這款代誌！怎麼可能是他！」

2.

王煦裔晚間十點來到位於七期重劃區內，號稱地段最貴的福德祠。

他雖是無神論者，但每月固定有一天，會帶水果來拜拜。上香的過程跟一般信徒沒兩樣，他也會祈求，但比較像是一種跟自我對話的過程，期盼自己更有力量完成未來的挑戰。

當他緊閉雙眼，小時候的回憶總是無法克制地湧上，姊姊王暮暮每個月都會帶著還是小學生的自己，來到土地公廟上香，期盼未來一切順心，護祐弟弟和男友阿月哥平安。

那時還小的王煦裔總覺得無聊，但還是配合地拿香隨便比畫幾下，然後香都插進爐裡許久，姊姊想對神明的話都還沒說完，於是又自顧自地跑去旁邊玩耍。

這樣祈求了好多回，在他十二歲那年，求來的竟是姊姊毫無預警地從他生命中消失。

王煦裔從小性格堅強，他不怪神，也不恨人，只怨身爲弟弟的自己沒有能力在事發之前阻止這一切。

但就算提早預知又如何？他眞的有能力阻擋這一切嗎？

他沒有答案。

在姊姊走後幾個月，開始有傳聞出現。謠傳王暮暮爲了錢財，勾搭上商店街的房東兒子沒成功，甚至動手殺害對方，因此才會在大考前跳樓自殺。不過這個傳聞一直都沒被證實，就連商店街房東也遲遲沒出現。

那間原本看起來就老舊的古董店，幾年過去，看起來更顯破敗，再也沒聽過房東家的消息，只留下一堆謎團待解。

至於被迫留下的阿月哥也很可憐，整個人像是失了魂。但腦袋好振作得就是比較快，後來眞的像當年姊說的，他一步一步朝警察的目標努力，考取了警官學校，後來升任至台北中央，搬離了這塊讓他難受的土地。

直到多年後，王煦裔或許是有意仿效從小崇拜的阿月哥的腳步，也考上了警校，成爲警界的一份子。

就在王煦裔也當上刑警的第一年，他曾在新聞見到阿月哥偵破重大刑案的好消息。但沒多久，又從同事口中輾轉得知，這位明日之星在一次賭場圍捕行動失蹤，至今音訊全無，當年幾位學長還私下從熟識的黑道老大口中探尋消息，江湖傳言，阿月是被一個極欲出頭的角頭擄走，氣憤警方查他太兇，於是朝阿月開槍，謀殺在山區。此傳言一直無法證實，卻又再次重擊了王煦裔心靈。

因爲尋遍不到遺體，懸案至今，也未曾對外公開。

王晌裔一連失去了幼時生命中最重要的兩個人，即便目前工作是破除謠言，但唯獨纏在他們身上的謠言，如詛咒般怎麼都破解不了。

他獨自在深夜的土地公廟，直到手裡的香已燃盡三分之一，身後有人朝他靠近，這才緩緩睜開眼。

「晌哥，你來得眞早！」一名年輕男子的聲音從背後傳來。

「都幾點啦，不早了，這次又是什麼怪事，非得要我幫忙？」

在王晌裔身後，有位染了一頭金黃髮的年輕男子，臉上笑嘻嘻地，手插著口袋打招呼。

「哎呀，剛剛有點事耽擱了，大人歹勢啦！」

眼前這名年輕人氣質有點痞，綽號虎崽，一眼就看出來是在道上混的兄弟。過去王晌裔剛初任刑警時，曾抓過他聚眾賭博。王晌裔見他年紀比自己還輕，告誡了他幾句，結果對方居然哭了出來，直說從小到大沒人跟他這樣教訓，於是就這樣結識上了，纏著要作他小弟。

剛任職沒多久的王晌裔還有點猶豫，怕惹麻煩，但隊長卻不反對來往。

「二十多年前啊，好多刑警都有跟道上兄弟交陪，那時候角頭兄弟給我們的尊重那才叫尊重！哪像現在，這些年輕一輩的兄弟根本懶得理我們，只要他別太超過，就當多交個朋友，驚蝦米？」

柯憲當時還開玩笑，說現在要去交混兄弟的朋友當消息來源，人家還閃得遠遠的咧，當我們是討債的，刑警眞的越來越難幹。

「唉，早就不是刑警了，還大什麼人。」王昫裔回嘴說。

「哪有差？還不是一樣在調查奇奇怪怪的案件，只是沒槍而已。」虎崽挑起眉，壓低音量說：「昫哥，還是我替你弄一把，這樣你跟以前就沒兩樣了。」

「好啊，我直接上繳給老柯，聽說他最近也在煩惱缺業績。」

「算了算了，當我沒提過，沒趣。」

兩人隨口胡亂聊了幾句，虎崽從口袋掏出一個透明的方形小塑膠盒。

「這什麼？」

「要請你幫忙『眞相調查』一下。」虎崽神祕兮兮地，把東西遞給王昫裔。

這是舊型的卡式ＤＶ錄影帶，比掌心還小，裝在十多年前很流行的手持小攝影機，不過近年早改用記憶卡，已經不常見。

塑膠外盒被貼上幾個字：推理別在我死後。

「推理別在我死後？這什麼東西？」

「昫哥，別小看它，有錢賺啊！」

「怎麼回事？你說看看。」

虎崽把黑色卡帶塞進自備的小攝影機，打開電源，小小的機上觸碰螢幕登時出現畫面。

畫面中，看到一群人忙裡忙外的，開頭像是紀錄片，但多看幾秒就弄懂，其實是一群年輕人模仿那個年代流行的僞紀錄片形式拍攝的恐怖片，內容是在講一名來自陰間的連環殺手，殺害人後，會在案發現場留下一筆鉅款離去，作爲死者黃泉路上用，但總有一些貪財的傢伙覬覦金錢，到處搜尋哪裡有離奇命案，搶先一步把殺手放置的現金拿走，可惜最後仍被埋伏的殺手殺害。

王昫裔心想這有什麼好看的，大概就是一群年輕人，不知從哪聽到的都市傳說，自己改編而成的電影，不過當影片快結束時，有個不尋常的畫面一閃而過。

「停一下！對，這裡。」

王昫裔示意把畫面停在一輛廢棄車的後車廂，飾演被害者的演員剛被另一名殺手演員刺死，才死沒幾秒鐘，卻十分不專業地「死而復生」，滿臉驚恐摔出車廂。

位於後車廂角落，有另一具無法辨別面孔的屍體，血肉模糊地塞在內側，旁邊還灑滿千元鈔票，畫面就在持續不斷的驚慌晃動中，莫名其妙地結束。

「昫哥，怎麼樣？你覺得這個連環殺手的傳說是不是眞的？我覺得最後一個鏡頭拍得最好，恐怖的情緒超級到位，你不覺得嗎？」

虎崽興奮地詢問。

「喂，你怎麼弄到這個影帶的？」王晌裔嚴肅望著他。

「啊就……唉，你別罵我，前天我到堂裡新開的賭場捧場，有個新來的傢伙問我想不想賺錢，就報這條線給我。先說好，我是沒賭多少，還贏了幾千——」

「搞清楚，最後面那是眞的屍體，不是演的！」

「啊？什麼意思？」

王晌裔把錄影帶回放，接著解說。

「這群拍攝的傢伙一看就知道不是專業團隊，道具也很粗糙，你看就連演被害者的血跡看起來都乾了一陣子，應是拿什麼動物之類的血塗上假扮的，但最後的屍體，我肯定是眞的死人，唉，我很難跟你解釋。」

王晌裔知道虎崽雖是混幫派，但平時頂多拿棍棒打打架，沒眞的見過死人，不像自己當刑警時一天到晚衝現場、看資料，那死亡的氣息一眼就能分辨。

「呦呼！所以這個傳說是眞的？」

「你開心什麼！這影帶少說都幾十年了，這幾年我都沒聽過類似案件，你以爲眞的有錢賺啊？」

「不試試怎麼知道，只要跑快一點，錢拿了就溜，安啦，跟我小時候幹過的搶劫差不多……算了算了，當我沒提。」虎崽看王晌裔的表情不對，索性不說了。

「這個帶子先放我這保管，攝影機也順便借我。還有……」王晌裔接著說：

「記不記得拿帶子給你的人長相?」

「大概三十多歲吧,陰沉沉的,理個平頭,喔對了,從太陽穴一直到臉頰,好像有一道大片的傷痕,不知道是不是車禍造成的,反正我之前沒見過他。」

虎崽勉強拼湊那天的回憶,當時他注意力都在牌桌,能講出這些已經算不錯了。

「回去幫我拿一下當天賭場的攝影機畫面,這件事有點問題。」

王昫裔懷疑,這影帶可能涉及一件無人知曉的命案,儘管年代已久,但每次碰上這類奇怪的未解案件,自己總有興趣研究,當成平時工作之餘的消遣活動。

根據統計,目前台灣大約有百分之十的案件無法偵破,原因有很多種,在他初任刑警時,就特別愛挑戰這些塵封許久的案件。

「昫哥,你怎麼知道賭場有裝攝影機?」

他小心地詢問。

「沒裝才奇怪吧,難道你們老大都不怕有人出老千?去去去,自己小心點,但別讓我知道你自己又跳下去賭。」

「才這點小事,我處理。」

虎崽原以爲自己手癢,管不住自己,會被王昫裔狠狠罵一頓,但看他沒特別在意,心情一鬆,誇下海口,約定好明晚同樣時間土地公廟見,他一定把事情辦妥當。

虎崽高中念完就去當兵，一路在社會裡闖蕩打滾，磕磕碰碰地長大，很明白王昫裔有時候對他兇了點，但其實是個好人，還眞的想認他當大哥，不像那些江湖人士嘴巴上說要有福同享，但背後還不是拐個彎偷搶利潤，從中作梗一大堆，每次錢沒賺到，還差點被警察抓。

幸好碰上王昫裔，不時幫他找機會脫離幫派，介紹正經工作，終於存了點積蓄；不過人一旦入過江湖，退出談何容易，也只能走一步算一步，只要是混過的兄弟，同樣感觸的大有人在。

隔天早晨，賭場還沒開張，一樓是老大投資的健身房，平時人來人往很好掩護從地下室出入的賭客，他從櫃檯拿了鑰匙潛進去，很快就找到監控系統。

把系統回放時間設定成那天晚上，沒多久就找到自己進入賭場的身影。

「我想想，差不多是玩到第二把的時候……」

虎崽掏出手機，對準監視螢幕按下錄影鍵，這樣翻拍就不會留下記錄。

他看著監視螢幕裡的自己正在玩德州撲克，沉迷的模樣連自己看了都忍不住搖頭。

「嘿，有了！」

就看沉浸於賭博的自己，忽然有人從身後叫他，回頭交談幾句，手上就多了那卷帶子，又立刻把注意力拉回賭桌，繼續廝殺。

短短十幾秒不到，虎崽看著螢幕發生的一切，頭皮發麻，整個人刷白了臉。

「靠……見鬼了，我是在衝啥小？」

虎崽不敢相信自己眼前所見，立刻把手機翻拍的影片儲存，打開通訊軟體急急忙忙尋找王眴裔的帳號傳送。

就在這時候，四下無人的賭場，忽然傳來聲音。

「……年輕人，你找誰啊？」

虎崽猛一抬頭，失去意識前，他又見到那晚的平頭男子。

幾分鐘後，落在地上的手機又收了另一則新訊息，傳訊的是王眴裔：

「影片裡面的你跟誰講話？我沒看到人。」

當晚十一點十五分，土地公廟。

外頭滴滴答答下著雨，沒停過。

有個高大人影不停在廟前廣場來回踱步，雖步履平穩，依然看得出心思有點紊亂。

王眴裔整天聯繫不上虎崽，內心就怕這小子出了什麼問題，提早來到土地公廟等，過了好久依舊不見他的人。

這不是虎崽第一次搞失蹤，但這次情況不同，忍不住來回踱步，心中盤算該如何處理這個問題。要是王煦裔還是刑警，或許老早就穿便服配槍，直接衝進虎崽老大開的健身房，直接把他給抓出來罵一頓，但因爲虎崽是協助自己偷錄賭場的攝影機畫面，衝動行事，弄不好反而會讓虎崽遭殃。

不過眞正讓王煦裔憂慮的，是那段詭異的畫面。

在這段攝影機畫面中，虎崽對著後方無人的角落說話。

他剛開始是朝幻覺的方向去思考，畢竟在抓過的幫派份子裡，也有吸毒後出現幻覺的情況，不過他很清楚虎崽這小子愛玩愛賭，但不是那種會用藥的毒蟲，否則早就把他抓去勒戒，根本不會與他來往。

「難道……眞的有那種東西？」

王煦裔腦袋浮現隊長要他別太鐵齒的告誡。

不可能，八成又是攝影機角度的問題。

王煦裔搖頭說服自己，不自主地又點起一炷香，對著土地公膜拜。

忽然間，前方香爐附近閃過一個模糊的人影，他側頭一看，有個人蹲坐在神明桌內側，似乎是個女生。

她一身簡單白色襯衫外套配黑色長裙，黑髮及肩，年紀跟自己差不多，又或許還要更小一些，可能只有二十歲上下，坐在桌子下方角落，正在打盹。

王煦裔眉頭微皺，心想今天是怎麼回事，還碰上落單女子睡在廟裡，自然反應想打電話通報轄區派出所，但又覺得麻煩，管他自己是不是警察，既然碰到就先處理吧。

王煦裔雖不信鬼神，但民間習俗還是懂的。眼前這女生就坐靠在神明桌腳邊，眼前香煙繚繞，一臉沉睡模樣，連自己也覺得不太妥，幸好四下無人，否則免不了被熱心多嘴的信徒們罵一頓。

女孩雙眼緊閉，嘴裡喃喃不知在唸什麼，眉頭一緊，又似乎有點焦急。

「媽……快跑……」

王煦裔終於聽懂她不停唸著的話。

快跑？是做惡夢了吧。

眼前這女孩生得動人，清秀的臉蛋讓人不免多看幾眼。她胸口隨著呼吸微微起伏，王煦裔並非故意要偷看，竟發現這女孩左邊鎖骨下方，竟有一道深色的疤痕。眼尖的他立刻發覺，這是一把長柄刀械造成的傷痕，類似一般柴刀，要是被砍中傷口又長又深，非死或半殘，怎麼會出現在這女孩身上？

這程度已遠超一般家暴案件，所以才不得不離家躲藏在廟裡？真是可憐的女孩。

王煦裔心生憐憫，蹲到她身邊輕聲叫道。

「小姐！小姐！」

沒有反應，她只是挪動了自己的身體，繼續沉睡。

他嘆口氣，用手輕輕推了對方肩膀一下。

怎知女孩突然雙眼一睜，圓圓的眼睛張得好大，觸電般的速度猛然躍起，身子瞬間在空中劃出一個完美的弧線，穩穩落到不遠處的矮小石獅子旁，直盯著王昫裔猛瞧，一臉詫異。

王昫裔未曾見過這種驚人的肢體動作，也看得目瞪口呆，懸在半空的手都還沒來得及伸回來。

「妳……還好吧？」

「……你看得到我？」

「當然，又不是瞎子，爲什麼看不見？」

女孩突然沒來由的一句話，讓他滿頭問號，這人該不會腦袋有問題吧？

「……」她凝視著王昫裔許久，突然眼睛一瞪，大聲說：「怎麼又是你！」

「什麼？」

女孩又朝後方移動幾步，與他保持一段距離，很有警戒心。

「我是警察，啊，不對，曾經是才對……唉，算了，小姐，妳怎麼一個人睡在土地公廟？妳家在附近嗎？要不要請警察幫忙？」

她沒有理睬他的問題，在空中嗅了嗅，滿臉疑惑：「你也是不亡人？」

「什麼啊？」

王煦裔心想這女孩可能遭遇過某種創傷，神智不太清楚。想了想，虎崽今晚大概不會出現了，乾脆通報派出所員警，並請救護車隨車人員處置比較妥當。正要從口袋拿手機撥打電話，一道輕巧的白光閃去，飛快的人影從他眼底下晃過，原本拿在手裡的手機瞬間消失。

「喂！幹什麼啊妳！」

幾乎是一眨眼的時間，手裡的手機就被搶走，壓根沒想到眼前的女孩有這種驚人的速度，空著的手還沒放下，王煦裔本能地開始仔細觀察對方還有什麼進一步的舉動，不急著反搶回來。

過了幾秒鐘，二人就這樣僵持著。

「好奇怪，你又不像不亡人，你到底是什麼東西？」

女孩率先出聲，這回側著頭看著他，好像是觀察某種奇怪的生物一樣，仔細打量著王煦裔猛看，順著視線像是在觀察他的手指，一副弄不懂的樣子。

王煦裔有點哭笑不得，一臉無奈的表情。

「我才不知道什麼布網人，妳如果沒事，就把手機還我，時間不早了，快點回家睡覺！」

他拿出過去當刑警的威嚴，忍不住說道。

「是不亡人，介於不生也不死之間的人。」女孩淡淡地說，把手機扔回給王煦裔，沒把他的告誡當一回事：「是你打擾我休息吧，要走也是你先走。」

王煦裔有點傻眼，他過去還在當刑警時，雖然也曾碰過一些白目小流氓，不知道輕重對他嗆聲，但總是在表明身分後，沒有道歉，至少也會收斂一下，從沒見過態度像這女孩一樣的。

既然來硬的不行，就換個方式，王煦裔不是那種一條路走到底硬幹的人，雖然在偵查隊裡眼光獨到，辦案也剽悍，但那是爲了面對同樣殺氣騰騰的江湖人士，不得不擺出來的模樣，要不然他這人挺隨和，也怕麻煩，沒有必要的衝突更是能避就避。

「妳一個年輕女生這麼晚了，還在外面睡覺，應該是有什麼困難，要不然跟我說說，看能不能幫忙？」他收起防禦的架勢，隨性地靠在桌前，又說：「我叫王煦裔，之前是當警察的，妳呢？叫什麼名字？」

「阿雨。」

她簡短回應，柔性的攻勢似乎作效，她原本站得遠遠的，現在改蹲在石獅子旁平台，打著哈欠，宛如摸寵物般拍拍旁邊的小獅子石像。

「大學生？」

「早就不是了，哪有你們這個年代的女孩子好命。」

這回答讓王煦裔微微一愣，她外表看起來也不超過二十歲，說話怎會如此怪異？

「懷疑什麼啊，跟你說過我是不亡人。」阿雨像是看透他的心思，忽然說。

「什麼啊？那到底是什麼？從沒聽過。」

今晚阿雨不斷提起這個陌生的名詞，也讓王煦裔起了好奇心。

「你是故意問的嗎？都看得到我了，還問這種沒腦袋的問題。」

「痾……我雖然看得到妳，那是一回事，但妳說的不亡人我眞的是第一次聽到，好心跟我說一下，我就不煩妳睡覺。」

「你自己說的喔。」

阿雨跳下安放小石獅的平台，逐步朝他接近。

王煦裔吞了口水，距離他大概兩步的距離，阿雨又停下。

「命已絕，卻不該死。生前作爲無法定善惡，死後判官也沒轍，只好化爲不亡人。」

阿雨默默唸了段意義不明的話，他剛開始還似懂非懂，因此又讓阿雨更進一步說明。

據說民間信仰裡，人死之後前六日，亡靈整日遊盪並不知曉自己已死，直到土地公把亡靈帶去洗手，亡靈看到自己的指甲脫落與手指變黑，呈現死屍的模樣，這才接受自身已死的事實，然後再帶著亡靈到城隍爺所在處受審。

但有種極少見的情況，死者不明不白過世後，沒有舉辦葬禮，且生前所作所爲陰間無法判定善惡，因此在亡靈洗手後，不僅雙手仍與活著時無異，外表看起來也跟普通人差不多。這代表此人性命不該絕，卻因不明原因身故，由於生前作爲無法輕易判定是非對錯，其中必定有問題，因而成爲不亡人。

說穿了，就是陰間判定不了的案件，給予不亡人額外的時間和能力，在期限內返回陽間證明自我清白，只要能證明自身無罪，就能獲得死後超生，若超過時間未完成，仍須返回陰間受審。

「我死的時候，台灣還在給日本人管呢！」

阿雨輕描淡寫地說。

但這番話，對於不信鬼神的王煦裔來說，早已遠超出他的想像。就連過去辦案時碰上那些胡亂編造理由、滿腦設法脫罪的嫌犯，都不敢把這種傳說講得活靈活現。

他一時不知道該相信，還是不該信。理性告訴自己，阿雨講的話太過牽強不合理，太多可以歸類超自然的範疇，但從對方眼睛，依據天生敏銳的直覺，他知道阿雨沒有在說謊，只是一旦相信她說的內容，又會顚覆自己常年依賴的邏輯思考，頓時語塞。

「有辦法證明嗎？」王煦裔決定替自己堅信的理性賭一把。

「沒辦法，信不信隨你。」

阿雨聳了聳肩。

「我想也是。」他暗自在心中鬆了一口氣，就當今晚聽了一段奇異的故事，又接著問：「對了，我們見過面？不然妳剛才眼睛睜開，怎麼好像看到熟人一樣。」

「還敢說！講到這個就有氣，是你自己提的，我本來不想跟你計較。」她氣呼呼，滿臉不悅：「半年前中區那棟大樓爆炸案，是你搞的鬼對吧，要不是我跑得快，差點就被你炸到，你以爲不亡人就眞的不會受傷、不會死呀！」

王煦裔聽到她提起這件事，腦袋像是被鐵鎚重擊了一下，在他的理解中，除了隊長柯憲，以及其餘偵查隊同仁之外，沒有其他的人知情。

外界也僅僅認爲是一場瓦斯管線老舊引發的氣爆結案。

事實上，那天晚上的行動，起因販毒組織裡有一名叫紅龍的成員想跟王煦裔接頭，希望能透露組織製毒工廠內幕換取當警方線民減刑，並主動釋出誠意，竟提起自己姊姊王暮暮的往事，直說很對不起她，但人都死了，希望能好好彌補身爲弟弟的王煦裔，所以才特地賣這個人情。

王煦裔本以爲紅龍只是一般犯罪組織成員想靠岸，藉以透露販毒細節，哪有心理準備突然面對自己一直深藏在心裡的傷疤與謎團，一時控制不住情緒，不管任務還在執行中，拼命追問，這個時候，卻被其他組織成員發現包圍，落單的王煦裔情急之下，竟從當地製毒工廠隨手可得的化學原料，搞出了一場大爆炸，組織成員負傷逃竄，整起任務以失敗告終。

而此事件後，王煦裔終於得知當年姊姊自殺身亡，似乎還有更不爲人知的另一面，他努力想追尋那名提供線索的販毒成員，總是差最後一步，苦無消息至今。

「妳在現場？否則怎麼會知道？」王煦裔凝視著阿雨問道。

「是啊。」

「爲何會在那棟大樓裡？妳跟組織有什麼關係？」

王煦裔收起剛才輕鬆嬉笑的臉孔，頗有過去偵辦的味道。

但他知道，自己其實對販毒案沒有興趣，眞正想知道的是那名清楚當年往事的組織成員紅龍的下落。

「你別突然變得那麼恐怖，好怪。」阿雨嘆了口氣，站直身子：「那群人幹了那麼多壞事，我只是去教訓他們一下，唉……我看你再問下去，我整晚都不用睡覺了。」

阿雨說完，向王煦裔揮揮手，示意要先離開。

「等等，我還有問題沒——」

王煦裔追上去，但才一眨眼的時間，眼前這位俏麗女孩就像一陣風，消失在前方。

「喂！」

對街的夏綠地公園傳來阿雨清亮的聲音。

「有機會再幫你打聽你姊姊的消息，我快睏死了，先走了！」

阿雨站在數十公尺外的對街說話，一下就看不到人影。

王煦裔愣愣看著消失在黑夜的阿雨，他忽然意識到，自己從沒對外人說過那段跟紅龍的對話，就連隊長柯憲也不清楚，她是怎麼知道的？難道爆炸當下，她真的在現場？

眼前突然冒出謎一般的少女，像是一條從霧中浮現的繩索，望著那超乎常理的動作，他彷彿聽到理性構成的堅實牆面碎裂的聲音，在尋常世界之外，眞的存在人類尚未完全明白的事物嗎？

「不亡人，到底是什麼……」王煦裔喃喃自語，悻悻然說：「死後還要證明自己是清白的，看來陰間的判決，也沒比我們人間高明多少。」

3.

「資料等等就傳過去，你有空先看一下。」

「好，看來這次有點棘手啊。」

王煦裔坐在「眞相調查研究室」的辦公桌前，剛放下電話，幾個加密後的檔案立刻傳進電子郵件信箱，隊長似乎有點著急。

柯憲隊長上次來找王煦裔閒聊又過了一週時間，這些日子隊長就像憑空蒸發一樣，整天忙進忙出，完全沒有串門子的空檔，他甚至不確定隊長是否有下班過。

新聞媒體一開始很關注這件綠川兇殺案，因爲被害者死因太過離奇，居然被雨傘貫穿胸部致死，由於正值梅雨季節，惹得當地民眾人心惶惶，從沒想過雨傘也能變成殺人兇器，搞得路上撐傘行人都有可能是嫌犯。

幸好媒體總是喜新厭舊，三天後報導便少了許多，不過日子一長，上頭追究破案的壓力可是日漸增加，某些地方記者還會時不時來打探進度，若沒有消息，難保不會給警方寫篇辦案成效不彰的報導，有的網路媒體甚至會自行臆測嫌疑犯，可見柯憲隊長壓力不見得會隨著媒體淡忘而輕鬆。

在隊長來電之前，王煦裔正在研究虎崽給的那卷《推理別在我死後》的影帶。那天晚上，王煦裔等不到虎崽，隔日一早，乾脆直接假扮成要到健身房參觀的民眾，心裡盤算就算不能碰到失蹤的虎崽，也能自行潛入觀察賭場環境。

結果才剛進門打聽，才知道昨天早晨，有人發現趴倒在櫃檯的虎崽，身邊圍著一群早班健身教練，幸好人沒怎樣，但話說不清楚，整個人就像宿醉般完全不記得前一天發生的事。直到王煦裔事後打電話詢問他監視器的任務，他才依稀想起，但詳細事發經過，早就不記得了。

王煦裔見這件事暫無進展，先吩咐虎崽回家好好休息，別又去賭。

「不曉得隊長案子辦得如何了？」

他伸個懶腰，點開柯憲傳來的郵件，輸入一組數字密碼。

密碼組合是王煦裔離職那天的西元數字，隊長表示雖然沒有刑警身分，但偵辦能力可是會跟一輩子的，不用可惜，因此碰上難搞案件，就會用這組加密檔案寄給王煦裔。

對於王煦裔來說，面對處理一堆層出不窮的網路謠言之餘，還可以幫上隊長的忙，自己也是挺開心的，至少人家這些日子在偵查隊裡，可說是頗重用他，因此這點忙一點都不算什麼。

檔案很快就下載完成。

「嗯……？」王煦裔點開檔案，是幾張綠川兇案的照片。

照片裡的男性被害者跪地，一把長柄黑傘直接貫穿胸口而死，不過根據內文簡略說明，死者案發前拿的是另一把綠傘，擴大搜索後在下游約一百公尺處另一座新盛橋底下發現，上面有死者殘存的指紋痕跡。

憑藉現場幾張照片，王煦裔研判不是自殺，就連意外從橋面摔落的可能性也很低。

從地上噴濺的血跡來看，出血量多應是心臟大動脈受到強烈損傷所致，而血滴邊緣不整齊，這種常見於鈍器類，或刀斧等重擊被害者所形成。另外，他還發現插入被害者胸膛的黑色雨傘，並非呈現收束起的狀態，從傘骨的扭曲程度，看出是直接從張開狀態的雨傘，直接猛力插入人體所致，證明兇手犯案當下也是正撐著傘。

以及被害者雙臂沒有試圖抵禦造成的防禦性傷口，既然已排除自殺，那可能是熟人所爲，或者談話中途就無預警行凶。

但人類眞的有可能辦到這種事嗎？

王煦裔來回點閱現場照片，心想該不會是加工自殺？被害者早就在另一處死亡，才被搬到此地？但從現場噴濺的血跡研判，橋下應是案發地無誤才對。

正當他不斷思索時，隱約察覺有個地方不太對勁。

被害者的死亡姿勢。

爲什麼會呈現跪姿？難道僅是因爲被身上的雨傘卡住，恰好維持如此怪異的姿勢？

他再度仔細研究照片後，赫然發現一個被忽略的小細節。

有人移動過屍體，雖然幅度很小，但確實被挪動了。

王煦裔瞇著眼，從地面血液噴濺的痕跡，發現了這個細小變化。

「碰！」

一聲急促的推門聲嚇了專注分析的王煦裔一跳。

柯憲大步跨進辦公室，不時回頭後方是否有人注意。

「幹嘛？隊長你不太正常喔。」

王煦裔好奇問道。

「碰到這種大案，壓力太大了，借我躲一下！喂，怎麼樣，資料看出什麼沒？」

柯憲一屁股坐到牆邊的沙發椅，才幾天不見，臉上的鬍渣似乎變得更白了。

「當然，我這裡可是『眞相調查研究室』耶。」

「別來這套，快點。」

王煦裔簡要的向柯憲報告剛才的推論，認爲綠川橋下就是案發現場，但死者有被挪動的跡象，仔細推敲後，他推估呈現跪姿應該有某種意義，但目前尚未得知。

從現有資料研判，黑色雨傘就是兇器，只是他對一般人有辦法單靠一把撐開的雨傘直接插入人體，感到懷疑。

「監視器有拍到什麼有用的嗎？」王眗裔問。

「沒有，只有被害者撐傘的畫面，就連橋下那兩支監視器也是，眞是活見鬼。」

「那雨傘的鑑識報告如何？上面有驗出什麼嗎？」

這個問題讓柯憲眼神有點閃爍。

「怎麼？被擦拭過了？」

「不是，指紋比對已經確認對象了，但報告應該有點問題，都這麼多天了，請鑑識小組再三確認後，還是不能用，我想這次不能單靠指紋。」

「有這種事？」

在他的印象中，台灣進行指紋比對時，要確認至少十二個特徵點相符，以國際來說算是高標準了，雖然鑑識並非百分之百準確，但在破案上仍是扮演非常重要的關鍵。

「都比對成功的指紋都不能用？難不成是什麼大官還是死人？」

「你猜對了，雨傘上的指紋，是徐月承。」

柯憲隊長說出這句話，自己也覺得很艱難。

「你說誰？」王眗裔以爲自己聽錯，又重複一遍：「阿月哥？」

「幹！就是他，我知道很誇張，就連拿到報告的時候我也不信，等到郭德海從鑑識那邊調出資料重新人工確認，才讓我死心。」

柯憲從懷裡遞出另一份資料夾，上面是已經製作完成的指紋比對報告，指紋所屬的對象就是徐月承，但旁邊還有另一個欄位，標明「已死亡」。

隊長在過去跟阿月哥也有共事的經驗，那時阿月哥也曾到台中支援，幾次跟偵一隊合作偵辦，傑出的辦案方式和手腕，讓已經是隊長的柯憲留下深刻印象，就連幾位新進偵查刑警都曾聽過這號人物，可惜走得不明不白，十分可惜。

「隊長，你怎麼看？」

「還能怎麼辦，指紋比對我想是不能用了，繼續從被害者人際關係這方面下手，看看能不能再發現什麼。」

「我看未必。」

王煦裔放下指紋比對報告。

「什麼意思？難不成你眞的認爲是徐月承幹的啊？」

柯憲不解地看向王煦裔。

「我不是這個意思，我們都知道他不在了，可是若有人利用他呢？既然指紋是阿月哥的，他在這個案子裡應該有什麼關連。對了，這個死者是什麼背景？」

「三十六歲男性，未婚，在貿易公司上班，但之前有過詐騙前科，喔對……連毒品也有！嘖嘖，這傢伙根本是藥仔組的，現場我們發現一袋遺落現金，或許跟毒品買賣糾紛有關。」柯憲說。

王昫裔默默翻閱隊長拿來的被害者檔案，忽然一愣，又發現什麼。

「按奈？」

「我現在才發現，這人有點面熟，死者曾經在半年前的中區大樓製毒工廠出入過。」

「眞假？會不會認錯了？」

「就是他，錯不了。」王昫裔指著被害者檔案，上面有張大頭照。

「這麼巧！要是那天能抓起來，我看這傢伙就不會死了，算他倒楣。」柯憲才剛說完就覺得有點失言，因爲那場任務失敗起因於王昫裔搞的意外，只好搔搔鼻子又問：「你甘有認識？」

「他是那晚包圍我的販毒成員之一，要不是我弄齣大的，我看死的就是我。」王昫裔搖搖頭，無意間透漏那晚發生的細節，以及其中有一名組織成員紅龍想靠岸當線民的事情，不過仍未提起有關姊姊王暮暮的對話。

「這種事怎麼不早說！所以你是嫌工作太多故意找藉口請辭啊？」柯憲第一次聽到那晚發生的事件起因，氣得眼珠子瞪得好大。

「唉，做都做了，就別提了啦，反正我還不是在幫你做事。」王昫裔好聲安撫隊長。

「算了算了，你這人做事就是這樣，要回來、不回來，自己想清楚就好。」隊長氣得快消得也快，拿著報告來回在辦公室踱步，似乎仍在苦惱指紋比對的結果。

就當他走到第三圈時，辦公室大門又被另一位刑警推開，驚慌衝了進來。

「海哥，輕一點啦！我這間偵相調查研究室小小一間，經不起拆啊。」王昫裔嘀咕著。

郭德海比王昫裔大個兩屆，算是他學長，爲人爽朗，偵辦能力也不差，只是有時在小細節上常疏忽，討隊長罵。

「隊長！打給你好幾通了，你果然在這裡。」郭德海喘著大氣，沒理會王昫裔的抱怨，他直接從隊上跑過來尋人。

「都躲在這裡休息一下，還被你找到，算你厲害，怎麼了？」

「出事了！」郭德海喊出聲，順了呼吸接著說：「又死了一個！」

柯憲隊長腳步停滯，臉色鐵青，要他說清楚點。

「十分鐘前接到通報，逢甲那邊有一棟建案工地，地下室又死一個。」

「工安意外？」

「我剛開始也以爲是，可是根據回報，情況不太對啊。」郭德海停頓一下說，表情有些微妙：「這次的死亡方式跟綠川那個案件是一樣的。」

郭德海這句話，像是道悶雷，直直落在王昫裔和柯憲二人心裡。

「連環殺人。」一旁的王煦裔一聽就懂，直覺這件事越來越不單純。

「請第一線員警立刻封鎖現場，鑑識也馬上過去，阿海，你去開車，現在就出發。」柯憲迅速下達指令，抓起紙本報告就往辦公室門衝，忽然腳步一緩，回頭說：「煦裔，東西收一收，你也跟我走。」

當警車飛快駛過逢甲商圈的福星路時，周邊的攤販頭也不抬，只顧著接待絡繹不絕的遊客。

現在差不多接近晚餐時間，車潮漸多，就連停車場也開始排起長長的車陣。有位年輕女孩端著剛買到手的章魚小丸子，才剛咬下，就看到快速開過的警車一下進入視線，接著像流星一樣消失在路口轉角。

「這傢伙不是不當警察了嗎？怎麼還坐在車裡啊？」阿雨一邊吹氣，一邊把燙口的章魚小丸子塞入嘴中，轉眼閃過的畫面，竟被她看得一清二楚。

其實不亡人在白天時，跟一般大眾是差不多的，不只要進食，也不像之前和王煦裔在土地公廟相遇時那般神奇，白天就像是個普通人，那些超乎常人理解的能力，僅有在夜晚才能顯現。

阿雨看著逐漸遠去的警車，悠悠的邊走邊吃，突然發現街上服飾店有賣新款女裝，雀躍地鑽進店裡。

晚上七點二十五分，建築工地鐵皮圍牆邊，已經停了數輛警車和廂型車，工地入口的制服員警正在管制進出。這是一棟約二十層高的新建案，水泥外牆已完工，石材和磁磚仍安放在工地角落，另一側則是拆卸下的模板，堆放得到處都是。

進入大門，大廳的裝飾燈才剛裝上，保護膜都還沒撕，但更往內部走廊移動，幾條從天花板垂下的裸露昏黃燈泡是唯一的照明設備，而地下停車場的空間更是昏暗。好幾名支援警力正站在黃色管制線外圍，七嘴八舌討論地下室發現的怪事。

在空曠的地下一樓停車場，中央又被圍起一道封鎖線，頻繁出現鑑識人員拍攝發出的強烈閃光燈，將偵一隊幾名成員的黑色人影，倒映在四周的慘白牆面，呈現強烈的對比。

柯憲沉著臉，凝視被鑑識人員圍繞的死者遺體。

現場第一發現者是位臨時清潔工，才剛準備下班，收拾好工具就聽到地下停車場傳來異樣聲音，怎知到現場一看，就發現被貫穿的屍體，嚇得趕緊通報工地主任。

才短短一週的時間，台中一連出現兩起手法相近的兇殺案，對於負責偵辦的刑警團隊，壓力之大可想而知。

「隊長，我看這次情況不妙。」郭德海站在隊長身旁，憂心說。

「還要你說。」

柯憲臉上的皺紋在昏暗的燈光照射下顯得更深刻，他平時話雖多，但碰上真正棘手的案件，一反常態地少話。

而封鎖線另一頭，站著一名穿著簡便連身帽外套的男子，視線飛快掃過案發現場，像是要把所有細節都輸進腦中，試圖拼出事發當下的原貌。

「怎麼會這樣……」王煦裔看著被害者，自言自語，竟有一絲難掩的錯愕。

死者胸口被一支鋼管貫穿而過，雙膝跪地而亡，那種鋼管是工地用來搭建鷹架的鍍鋅空心管，也被叫鷹架管。過去幾次鷹架倒塌造成的工安意外，大都是壓傷或骨折，很少碰見這種被鋼管貫穿而死的案例，更別說整個地下停車場乾乾淨淨，哪有什麼鷹架倒塌的跡象？

王煦裔不是菜鳥，到現場之前都做足心理準備看到各種血腥場面，卻怎麼樣都沒料到，這次的被害者居然是半年前曾跟自己對話過的犯罪集團成員。

眼前這具屍體，竟是紅龍。

他可是知悉當年姊姊王暮暮自殺的眞相，現在人是找到了，但竟成了一具不會講話的屍體，他壓根沒想到會是這樣的方式。

不過，天生敏銳的思維方式沒讓王煦裔陷入絕望，那些一般人視而不見的細節，永遠是偵辦作業最珍貴的寶石，就看發現的人有沒有眼光將它從掩蓋的岩層中敲出。

「從屍體的位置和血液噴濺的方向研判，這裡應該是案發現場無誤，而且跟綠川那個案子一樣，死者遺體有被挪動過，就連方位也是一樣的，都是朝向西邊。」

王煦裔指著地上散落的血跡說。

「西邊？」隊長疑惑問：「都朝同一個方位？」

「嗯，雖然不知道有沒有深意，但跟綠川那個屍體一樣，都是經過刻意擺放的。」

「死者的身分快去查一下，現場能證明的文件都拿來。」柯憲轉頭吩咐郭德海。

「隊長，不用查了，這人叫紅龍，本名洪寬龍，就是那個要當線民的販毒份子一員。」王煦裔這些日子，為了找到紅龍詢問當年發生在姊姊身上的自殺原因，早已把這人的底細摸得一清二楚。

「又跟那些賣毒的有關？」柯憲壓著額頭，忍不住罵道：「現在什麼情形！有人要替警察收拾這些藥仔組的？」

「不清楚，他們組織平時滿低調的，也很配合只在自己的地盤銷售，很少踩別的角頭的利益，算是很守道上規矩。」王煦裔說。

這些內部資訊其實不難打聽，畢竟製毒的利益太過龐大，一不注意就容易走漏風聲，尤其這幾個月王煦裔刻意蒐集下，都快把這些販毒組織的製造和銷貨通路給摸透，但紅龍的行蹤很謹慎，反倒不好掌握。

「功課做得不錯。」柯憲點點頭。

「咦？好像少了什麼……啊，有了！」郭德海滑動手機裡綠川兇案的資料，湊到隊長旁邊說：「隊長你看，是不是少了這個？」

柯憲低頭看著手機螢幕，又抬起來在死者周圍繞一圈，說道：「對吼，這次現場沒錢啊。」

「上次綠川那件，說不定眞的是買賣時氣憤殺人，走得太過匆忙，錢才遺留在案發地，可是這次現場沒看到任何錢財，看樣子交易對象把貨和錢一起捲走，八成是有計畫的黑吃黑啊！」

郭德海這番推論合情合理，就連隊長也認眞思考這種可能性。

「立刻追查毒品的流向！還有最近幾天八大的毒品銷售情形，酒店也查查那些愛開藥桌的，說不定有線索。」

柯憲立刻吩咐其他隊員，一群人接到指示，就算已經晚上，仍積極動身辦理，各自前往警車散去。

唯獨站在一旁的王煦裔不這麼認爲。

從通報案件到警方抵達現場，這一系列的過程，直覺就是不太對勁。

雖然夜晚的工地無人，是很好暗中進行交易的地方，但時間點還是早了一些，爲什麼要選在還有零星工人準備下班的時候交易？甚至若有計畫黑吃黑殺人，更不會在此刻下手，事情一下子就曝光了。

如果自己是販毒集團的成員，或者根本是有計畫性的劫財殺人，自己會怎麼做？

越是往這方向思考，王煦裔頭皮頓時感到一陣發麻。

兇手的目的，他隱約察覺有讓警方立刻趕到現場的味道。

他再次迅速掃視一遍案發地周遭，發現在停車場一根樑柱角落，地面有個模糊的印記，因爲痕跡很淺，第一次沒發現。

建案現場因爲施工關係，地面總是容易積上一層粉層，而前方樑柱地上卻有一塊淺色的方形痕跡，看起來不久之前有東西曾放在上面。

王煦裔來到角落，同時發現數個新鮮鞋印痕跡，邊緣還有一點濕潤泥土殘留。

「剛才有人來過。」他心中暗忖。

就當各組同仁分頭進行作業時，王煦裔沿著鞋印搜索，竟讓他獨自彎進另一區塊的工地，這裡沒有燈光，地面還散落更多木工，他只好拿出手機當手電筒，逐一搜索。忽然前方傳來「喀」一聲微弱的開門聲，沒想到才剛抬頭，就發現通往一樓的牆面氣窗，一個詭異人影飛也似的竄出，很快地翻過花圃外側圍牆，消失於本棟大樓與鄰近店面的相接處，那裡恰好沒有警員看守。

「站住！」王煦裔大喝一聲，立刻拔腿追上。

他清楚看見，那人戴著深色棒球帽，肩上掛著一個黑色背包，底部大小恰好跟地上的方形痕跡差不多，立刻意識到這人絕對有重嫌。

王眗裔雖一陣子沒上場緝捕嫌犯，但畢竟還算年輕，動作一點都不遜色現役刑警，他沒多遲疑，也跟著翻過圍牆。

4.

差不多在街角等待了快兩個小時，最後一輛警車駛過大街轉角，後方終於沒有令人厭煩的紅藍交錯警示燈。

新生代角頭老大廖慶金看著從少年時就在一塊鬼混的夥伴紅龍，他的遺體裝在屍袋裡，被一輛閃著燈、但沒開警鳴聲的救護車緩緩載走，他心中還是有點落寞，但更多的是輕視，儘管他認識紅龍已經快二十年了，但還是受不了這傢伙過度天真的個性。

「唉，鬥陣欸，早說過你這款個性別出來混，不是被敵人幹掉，就是被自己人宰，我說的有錯嗎？還跟我辯！」

廖慶金用力吸了口菸，紅紅的火花在他嘴邊燃得更旺。

他沒有太多情緒，這幾年跟著劉火憑大哥一路征戰，從地方議員，再到立法委員選舉，然後去年台中市長補選，劉火憑以些微之差獲勝。廖慶金對各種骯髒事見怪不怪，他早有預感，發生在自己人身上是遲早的事。

他知道政壇比黑道更加險惡百倍，有人的地方就有江湖，這道理幸好他懂得不算晚，那些底下見不得人的骯髒事，早替他們劉大立委，不，是市長大哥幹了幾件自己也數不清了。

上週死在綠川的罐頭，以及今晚遇害的紅龍，他們死得冤枉，就連廖慶金也覺得一頭霧水，這兩個人不像他視錢如命，做事安份，政治這塊是非地也很少參與，到底是哪裡得罪了別人？他心想自己算是非常有地位的角頭，都弄不清楚這兩個結拜小弟是被哪個幫派給幹掉。

萬一火憑大哥問起兩名小弟被誰殺了，自己答不上來，會不會出事？難保市長不會對自己辦事的能力打個折扣。

但他腦筋動得快，而且見利忘義，一旦明白他的販毒管道和製毒工廠少了這兩員要角，是幹不下去了，馬上轉念思考，自己早幾年開始布局的健身房和夜店的生意果眞正確，若是大哥未來肯再幫他幾把，說不定土地重劃的利益也不是吃不到，一轉眼就從角頭變大亨，他做夢都會笑。

廖慶金點起兩根香菸插在公園旁的泥土地，送給兄弟一場的兩位好友，草草當作最後的告別。

只是，今晚還沒結束，他還有一項任務在身。

已經有好一陣子沒親自接殺手的工作。

這幾年網路發達，各種隱蔽的通訊軟體不需要見到人，辦幾個人頭帳戶，就可以靠網路接案，只要敢做，什麼錢都賺得到，買兇殺人早不是什麼新鮮事。

而這次雇主給的錢恰好是廖慶金目前手頭急需的金額。

半年前，幾個刑警把廖慶金藏匿許久的製毒工廠查獲，還莫名奇妙搞了場爆炸，這些年苦心經營的事業一把火給燒沒了，資金差點斷鏈，他恨不得把搞出意外的刑警給一槍幹掉。

廖慶金舔舐著嘴唇，就像三年前，他把那名被警界當成明日之星的刑警殺掉那樣。

不過，今晚還有正經事得先完成，畢竟這是一筆有一百萬收入的差事。

而且是現金。

一名頭戴深色棒球帽的年輕人，喘著氣沿著逢甲附近的暗巷奔跑，他的雙腿酸麻，感到有些無力。

他不停回頭張望，覺得方才那名警察眼力眞好，他都已經藏匿許久，看準時機才翻牆逃脫，竟然還被發現。不過目前後方一個人影都沒有，心想應該是甩掉那名警察了吧？

不過他還是不敢掉以輕心，深呼了一口氣，繼續向前跑，直到鑽進老大開的GoldenOne酒吧，這才敢靠著後門，把棒球帽扯下，一頭金黃色的短髮沾滿汗水。

應該是安全了，虎崽心想。

剛剛他準備離開工地時，那聲「站住」聽得他心裡十分不安，好像是煦哥的聲音，但又認為不可能。

王煦裔早就不當刑警了，怎麼可能出現在現場？

他覺得一定是太過緊張，才會把其他條子的聲音當成煦哥，幸好他對自己的腳力還算有自信，一連繞了好幾個彎，不曉得跑了多久，他確認後方無人後，才敢進入店裡。

第一件事，他決定讓自己先冷靜一下，朝酒吧深處走。

這間GoldenOne酒吧是開在高檔的巴洛克風格建築裡，有兩層樓空間，正中央有個舞台區，每日都會有身材曼妙的女舞者表演，偶爾還會花大錢請知名ＤＪ來助興演出，他平時很喜歡站在角落，點杯酒，靜靜地看著舞台上發生的一切活動。

其實虎崽不是很愛這種隨著重節奏搖擺的場合，但他喜歡熱鬧，就算周圍的人都不認識，自己在他們之間也覺得很有融入的感覺，至少不會感到孤單。

虎崽從小是由外婆拉拔長大，他對自己的父母沒什麼印象，也沒其他兄弟姊妹，因此他總愛跟外頭結交的朋友鬼混，給他一種像家的感覺。儘管他也清楚，外頭牛鬼蛇神什麼都有。

虎崽穿過重重尋樂的男男女女，他們身上濃重的香水味混雜菸味，每次都讓虎崽覺得頭痛，趕快從吧台拿了一杯檸檬汁調合的冰涼雞尾酒，一口灌下，嗆鼻的酒精惹得他直咳嗽，不過腦袋總算清楚一點。

虎崽拍了拍被他夾在腋下的運動包，沉甸甸的，數量果然不少。

「這個怪咖給我報的消息，果然沒錯。」虎崽興奮地說。

那天他潛入賭場，原本只是協助煦哥調查監視器畫面，怎知道又給他碰上了遞給他那卷名叫《推理別在我死後》DV影帶的男人。

男人自稱海羊，中年男人，雙頰偏瘦，看起來一副沒睡飽的模樣。重點是額頭到臉頰位置，還有一大片的傷痕舊疤，也不知道是怎麼弄的。

他表示自己是賭場新聘的保全，看他身高頗高，體格也算精實，應該過去是有鍛鍊過的，看見虎崽鬼鬼祟祟的樣子，以爲是來賭場偷錢的，沒拿捏好輕重，差點打死他。

但因爲海羊是新來的，論年資虎崽還比他資深，雖然現在講究黑道倫理輩分那套早就式微了，海羊還是頗不好意思勿傷他，趕緊賠罪道歉。

「影帶裡的連環殺手傳說是眞的。」海羊堅定地說。

「眞假?你不要唬爛我，我有兄弟是專門調查這種沒根據的謠言，叫什麼眞相調查的，騙我有你好看!」

虎崽依稀記得不久前監視器內他自言自語的詭異畫面，但這人清楚地站在他面前，大清早的，又不可能見鬼，只好自認倒楣，錯估情勢給煦哥了。

「我騙你做什麼，你自己看。」

海羊拿出自己的手機，簡單輸入幾個字跳出新聞，果真在數天前曾在台中綠川發生兇案，在現場遺落一個裝有龐大現金的手提袋，但新聞內容沒有特別說明，僅以警方目前朝仇殺方向偵辦帶過。

「幹！所以是眞的？」虎崽驚呼出聲。

「騙你又沒好處，要不是我得釘在賭場，我早就自己去了。」海羊低聲在虎崽耳邊說：「而且不怕你知道，我還曉得下一起事件，會在哪裡發生。」

「有這種事？」

虎崽一聽有發大財的機會，管他王煦翕什麼告誡都拋到一邊去。

「你拿到錢後，我要的不多，分我三成就好，畢竟你出力又跑腿，辛苦啊！」

「好！就這樣辦，你先把訊息跟我說，我好提早準備準備！」

虎崽一口答應，像這種到現場拿了錢就跑的工作，小時候幹過的次數還會少嗎？更何況這次能提早得知兇案發生的時間與地點，現場屍體一具，死人又不會講話，只要在警方趕到前閃人就好，基本沒什麼難度。

他甚至覺得自己挨了海羊一頓打，就得到這種內幕，根本是太划算了。

虎崽離開賭場前，還依照海羊的吩咐，等等出去賭場後，就在健身房外趴一會，當成宿醉走錯路，什麼都不記得，免得被人發現大白天跑進賭場，懷疑是來偷錢就不好了。

GoldenOne 酒吧一樓櫃檯旁。

虎崽又灌了幾杯雞尾酒，這次是加了橘子汁調味的，他很喜歡店裡這款，每次來都喝了不少，腳步變得有點輕盈，彷彿剛才奮力奔跑離開工地的疲憊感都消失了。

他心滿意足地擦了擦嘴，接下來，他要找個好位置，仔細算算今晚到底賺了多少。

這時虎崽心裡浮現一處絕佳地方。

位於 GoldenOne 酒吧的三樓夾層，那裡平時不對外開放，僅有重要貴賓到訪時才會打開，裡頭有裝潢完整的包廂，一扇大面積的落地窗剛好可以看到建物樓下的風景，而另一頭靠酒吧內側，則是居高俯看舞台的絕佳地點，但因為每次提早要預訂的客人太多，讓自家店裡招待的貴賓每次都訂不到，乾脆封閉不開放，除非老大特別吩咐，否則一律對外宣稱整修中。

而這間三樓招待所的鑰匙，此刻就讓虎崽管理。

虎崽查過了，老大外出辦事，今晚是空檔，除了他以外，沒有閒雜人等可以進入包廂打擾他。

他趁著酒意，膽子也大了起來。

從舞台旁隱蔽的樓梯一路向上走，通過走廊時，他還可以看到下方舞台的懸吊燈機關，接著掀開一片薄薄的布簾，正前方就有另一扇沉重厚實的木門。

虎崽從口袋掏出鑰匙，對準門上的鑰匙孔轉動。

包廂裡黑漆漆的，空氣還殘留前幾天客人留下的廉價香水味。

虎崽眉頭一皺，打開小燈，先把肩上辛苦一整晚的戰利品卸下，就往包廂最內側的窗戶走，推開整片落地窗，打算讓令人作嘔的氣味散去。

大片落地窗玻璃上，赫然印著另一張臉倒影。

虎崽嚇得立刻轉頭，他沒想到包廂裡還有人。

「慶仔大哥！你怎麼在這裡？」

虎崽大叫出聲，暗想老大不是出門辦事了嗎？

他在這裡幹什麼？

廖慶金獨自坐在高級牛皮沙發，桌邊擺了一瓶紅酒、一只透亮玻璃杯，裡面還有半杯紅酒沒喝。

「剛處理好事情，心情好，來這裡喝幾杯，按奈？要不要喝？」

廖慶金用眼神指了指玻璃杯。

虎崽原以爲自己偷闖包廂死定了，但老大似乎以爲自己只是來巡視，讓室內通通風，一顆懸著的心立刻鬆懈。

「好啊，難得陪慶仔大哥喝，乾啦！」

虎崽看老大請喝高級紅酒，哪有不給面子的道理，立刻從桌上拿起玻璃杯，晃了晃，透亮的玫瑰紅色，是少見的高級品，一飲而下。

「讚，好喝！」

虎崽剛才已經喝了不少，此刻又一大杯下肚，頓時酒氣上湧。

「慶仔大哥，你不是說要去忙？這麼快就回來喔！」

「還有事情沒處理完，所以提早回來。」

「唉呦，大哥你幹嘛，打個電話給我就好，何必還跑這一趟，是什麼事啊？」

這酒好喝，可是對虎崽來說太烈，一口灌下，暈眩感挺強烈，他靠著沙發勉強才能站立。

「東西忘記拿。」廖慶金伸手指著扔在沙發的黑色手提袋，接著視線落到虎崽身上，冷冷說：「還有處理你。」

「我……？」虎崽不解，但與老大視線一對上，他瞬間酒醒了大半。

那是要人命的眼神。

廖慶金今晚收到匿名雇主的案件，指名要處理一個從工地出來、手提黑色背包的男子，廖慶金埋伏許久，結果竟然等到自家細漢虎崽，也頗意外。他一路尾隨，看透虎崽的目的後，知道今晚他一定會來到這間隱蔽的包廂，所以提早來這裡等待。

廖慶金這人從年輕時就聰明，刀口舔血的日子一點都不少，而且從不假手他人，在江湖混，只憑著一股不怕死的血性，對人從不失信。

但這是對地位在他之上的人，以及有利可圖的時候。

雇主還特別交代，背包裡的現金全數都拿走，但其餘東西，請留在目標身旁。廖慶金不明白這麼做有何目的，也不想知道，畢竟對殺手來說，知道越少，對自己越有保障。

「虎崽，錢自己拿出來放桌上，別讓我催了。」廖慶金站起身，從懷裡抄出一把精鋼打造的匕首，逐步朝他逼近。

他作案時喜歡用冷兵器，更勝過於槍械。一來安靜，二來，他喜歡觀看目標驚恐的表情，就像一頭嚇呆的動物，任憑他宰割。

這把匕首刀柄是用胡桃木及水牛角製成，還裝有刀刃卡榫防止誤傷，二十幾歲第一次作案時，從一位有錢人家中偷來的，使用起來異常順手，放在展示架上太浪費，這些年不知道陪伴他經歷過多少打鬥，但他從不輕易使用，畢竟人類的血液一旦沾上，容易腐蝕刀身。

「欸不是……慶仔大哥，這東西是我自己的……」

虎崽看廖慶金一臉嚴肅，他知道今晚在劫難逃，閉嘴不說了。

生死交關，腦袋也特別清醒，乾脆拼一把。

他馬上抓起手提袋揹到肩上，想從包廂門口逃，但路線已被廖慶金封死。

虎崽心一橫，半跨到剛才打開通風的落地窗邊，急尋出路。

「給我下來！」

廖慶金眼珠一瞪，知道這傢伙不可能跳下去，他擔心的是手提袋不小心落下，會讓事情變得更麻煩。

「別過來！要不然我把它扔掉，什麼都沒有！你甘有卡好？」

虎崽從沒這樣跟老大說過話，知道就算這關過了，以後也不可能在這裡混下去。

「你先下來，跟大哥有話好好說。」

「哼！」

虎崽現在連話都懶得回，算是看破這些自稱大哥滿嘴「江湖義氣」，他有點後悔沒聽勸，早知道離這群鬼越遠越好，他整個人都攀到窗戶外，風吹得他腦袋有點發疼。

但他又不會飛，眼下怎麼會有去路？

「喂！喂！」

底下有人不停叫嚷。

「虎崽，這邊啦！」

男人急促的呼喚從建築物底下傳來。

虎崽低頭尋找，終於發現王煦裔站在街邊轉角，不停指著左邊另一側屋頂。

煦哥？他怎麼會在這裡？

順著他不斷比畫的方向，眼前約五、六公尺外，掛著一座方才沒注意到，平貼牆面的不鏽鋼安全梯。

虎崽腦袋一熱，他知道還有希望。

他緊抓石砌牆面突出的部分，一步一步緩緩挪動身體，他不知道酒裡是否被摻了東西，只知道暈眩的感覺似乎沒有消失，體內危急之時分泌的腎上腺素，勉強支撐自己。

後方廖慶金氣急，他哪有可能讓到手的酬勞跑掉，探出身子，就往虎崽手臂抓。

虎崽見狀立刻收手，但下一秒就後悔，因爲連日雨天，牆面早就積了一層滑膩的薄膜，單手根本支撐不住重心突然改變，身子一偏，差點就要摔下。

情急之下，他只能賭一把。

虎崽腳下發力，用力一蹬，整個人往安全梯飛去。

可惜，力量還是不足，距離剩下十五公分左右可以勾到梯子把手，但身體已經開始下降，梯子逐漸從他視線遠去。

這裡雖是三樓，但高度比一般樓層還要挑高，從這種高度落下，可能活不了。

「完了。」虎崽腦袋一陣空白，就沒其他念頭。

轟──！

一聲沉悶巨響從建築下方發出，讓人心中一驚。

傳進在場所有人耳裡，包括虎崽自己。

「……我沒死？」

他全身痛到不行，像是撞上一堵牆，卻有點彈性，整個人陷入一堆漆黑的雜物構成的團塊中。這時，一雙強健的手臂從團塊裡穿出，一把抓住他的衣服，直接把他從黑暗裡拖出來。

是王煦裔，站在一台資源回收車邊，裡面塞滿了廢棄紅酒紙箱，都是酒吧常見的那幾款。

「靠！差點就來不及！」王煦裔嘿嘿笑著，不過也是喘著大氣，看來剛才十分緊急。

「煦哥……謝謝……」虎崽身體痛極，但一股歉疚情緒上來，還是想跟王煦裔道謝，接著問：「你……從工地就跟著我？」

「對，我看你故意繞了那麼多路，心裡一定有鬼，所以一直沒出聲，就看看你到底要玩什麼把戲！誰知道你差點就被人幹掉了。」

「……」虎崽此刻非常愧咎，他知道王煦裔老早勸過他，但還是跟著慶仔大哥屁股後方團團轉。他忽然覺得這群江湖上被稱作大哥的，都沒一個好東西，偏偏除了眼前這個王煦裔，他先前想認他作大哥，一直被拒絕，但還是救了自己幾次，也不計較回報，想起爲了貪圖金錢，過去自己根本是個混蛋，這麼不會想。

「還能走吧？快點離開，我有問題要問你。」

王煦裔催促著他。

「骨頭沒斷，死不了。」

虎崽按壓幾下彷彿被車輾過的後背，露出艱苦的笑容。

但視線卻飄向樓上。

廖慶金過去從不失手，知道今晚讓虎崽跑了，他也不用混了，目露兇光，牙一咬，手裡精鋼鍛造的匕首，直直就朝背對他的王煦裔射去！

老大居然連煦哥都要一起殺？

虎崽情急想撲身搶救，但全身所有肌肉不聽使喚，只能眼睜睜看著那把像毒蛇、閃著寒光的匕首飛來。

「咔——！」

虎崽以爲自己看錯了，王煦裔身後，鬼魅似地多了一個人影。

「眞是不要臉。」

一名穿著白衣黑裙的年輕女子，單手穩穩接住匕首刀刃，時機絲毫不差，細緻的臉蛋在月光照耀下，顯露一股不屑的怒氣。

阿雨輕甩匕首，調轉方位，接著狠狠用力擲出，動作一氣呵成。

刀刃直接沒入廖慶金額頭旁的石砌牆面。

一旁的虎崽看傻了眼。

廖慶金更是完全不敢置信，臉頰滲出汗水，手指微微顫抖。

這不可能！但又無法說服自己，眼神驚懼地飄向嵌進牆面的匕首。

他知道委託案是執行不下去了，可是雇主發現自己失手，會這麼輕易放過他嗎？廖慶金深知這行的門道，如果殺不了目標，接下來死的可能就是自己。

尤其他的雇主身在暗處，廖慶金完全不知道這神祕雇主是如何聽說自己殺害徐月承刑警的事，這件事僅有火憑大哥知情，但大哥是最不可能出賣他的人，就算外界黑道謠傳得沸沸揚揚，也全都不是事實，因此他才能逍遙法外至今。

這件事，一定得辦成。他心中暗想。

他狠狠盯著下方人群，卻意外認出剛剛從回收車拉出虎崽的那個男人。

是他！那名毀掉他製毒廠的刑警！

廖慶金滲汗的額頭浮現青筋，一股衝動想直接衝下樓，他告訴自己得冷靜，別讓復仇的憤怒蓋過理性。

還不是硬拼的時候，他得等待時機。

廖慶金咬牙瞪著地面一群人，然後隱沒到包廂的黑暗中。

5.

「……七十、八十、九十、一百！剛好一百萬元的現鈔。」

王煦裔蹲坐在眞相調查研究室，地上鋪了一大塊防水塑膠墊，一疊疊以十萬元爲單位的鈔票從黑色手提包掏出平放在上頭。

「媽啊！眞的有這麼多錢啊……」

虎崽今晚摔得太慘烈，在辦公室燈光照射下，手臂一大塊瘀青，就連臉頰都有擦傷，剛才還在直嚷痛，見到白花花的鈔票，整個人又像活過來一樣。

一旁的阿雨對鈔票興趣缺缺，卻不停張望這間看起來像臨時工務所的小辦公空間，不時在室內繞著，看見書架一整排各式各樣談論都市傳說的書籍，很有興趣地拿起一本來翻。

「哈哈哈，還是你們現在的人比較有創意，什麼都能扯到鬼！」阿雨拿著一本談論日據時期的歷史研究專書，內容提到謠傳不少冤死鬼搗亂的現象，但看在阿雨眼中，那些地點不過是當年她還在世時，時常出入的購物場所，根本沒有這類恐怖的事件。

早期人類科技尚未發達，因此想像了各種鬼神來解釋天地間無法理解的事物，例如天體運行、氣候變化，甚至小到肉眼不可見的疾病，在世界各地文化中，都有一套超自然的理解。而現代人物質很豐富，科技飛速進步，過去無法明白的，至今幾乎都能逐一解謎；但另一方面現代人心靈卻很匱乏，每隔一段時間，總又創造一些虛構的傳說，來填補明知不可能、但內心又渴望的部分。

過去多年來，王煦裔也是一位信奉邏輯與科學的信徒，直到碰到了阿雨。

她推翻了我思考的一切基礎，王煦裔無奈地心想。

王煦裔此時又瞥了阿雨一眼，發現虎崽也見得到她，原本還覺得奇怪，心中推論「不亡人」應該跟普通人差不多，或許僅有某些特殊情況才會隱身，讓人看不到。

「我看你根本沒把我的話聽進去。」王煦裔轉向虎崽，酸溜溜地說。

「別這樣啦，我也沒想到，眞的有這麼多錢……」虎崽回道。

「値得把命賠進去？」

「好啦，我知道錯了。」

虎崽頭低得不能再低，卻瞄到手提包內側夾層，還有一個鼓鼓的東西。

「這是什麼？」

他拉開拉鍊一看，是一團白布，滲出斑斑血跡，有點濕潤黏滑。

「等等。」

王晌裔叫停他的動作，戴上手套仔細拆開白布。是一把染血的小刀，用塊白布簡單包裹後，塞在手提袋最內側。鮮血殘留在刀刃邊緣，還很鮮紅。

「怎麼會有這東西啦！」

虎崽退後兩步，想起自己整晚揹著它跑遍小巷，全身起了雞皮疙瘩。

王晌裔雖也意外，但更讓他困惑的是——爲何這把刀會有血液殘留？然後又被塞到手提袋裡？

他腦海裡，自動回放稍早在工地現場見到的所有細小線索，他沒有印象被害者紅龍身上有任何刀傷，就連容易因爲抵抗而出現的手臂內側也沒有。

眼前這把刀殘留的出血量，肯定不低，簡直就像是一刀捅進人體胸口造成的大量動脈出血……

「等一下，捅進人體胸口？」

他立刻點開手機，把被害者紅龍的胸前傷口照片放到最大，另外又跑回電腦點開綠川那件兇案，仔細比對另一名死者的傷口。

「難不成是這樣……」

他驚嘆地發現兩者的共同點。

王煦裔忽然想起一件關鍵的事情，但不能肯定，於是拿出手機打給隊長柯憲。才剛接通，手機就傳來一陣罵。

『我還以為你被抓了！又給我搞失蹤！』

柯憲在另一端不停抱怨，他差點要把散去的刑警同事招回，只為了找他一人。

王煦裔趕緊道歉，緊接著說：「隊長，這裡有個證物想請你幫忙採樣，對，是指紋，我馬上要知道答案。」

『你以為指紋不用比對啊？哪有這麼快！』柯憲在電話內抱怨。

「不用那麼麻煩，我懷疑兇器上面的指紋所有者，就在我旁邊。」

王煦裔一邊說，眼神一邊注視滿臉詫異的虎崽。

阿雨在隊長臨時調派鑑識人員前來眞相調查研究室的空檔，她就打著哈欠，喊著睏，想回去睡覺了。

王煦裔還沒好好跟她道謝，要不是她及時出手，自己早就一命嗚呼，還能不能在這裡跟她講話都不知道。

「你明明看起來就像普通人，但有不亡人的氣味，實在奇怪，若不是這樣我才懶得救你呢！」阿雨擺了擺手，表示她又要回土地公廟休息。

王煦裔雖然不解，仍表示感謝，找時間請她好好吃頓飯，才跟她道別。

一旁的虎崽完全聽不懂這兩人的對話，只知道王煦裔一臉嚴肅，直到鑑識人員到場，還是弄不明白這一切事情。

剛過深夜一點半，疲憊的郭德海拿著鑑定報告進來辦公室，低聲向王煦裔說了幾句話。

確認刀刃上的血型與被害者紅龍相符，另外刀柄握把的部分有兩人的指紋痕跡。

分別是已故前任刑警徐月承，以及虎崽的指紋。

王煦裔沉默了幾秒。

郭德海原以爲他這位學弟太過震驚，說不出話來，但看不出是驗出已故刑警的指紋，或者是發現眼前小混混也參與兇案的鐵證，輕輕推了他的肩一把。

「煦裔，你想怎麼處理？」

郭德海雖然是現任刑警，歲數又比他大，但自己知道這傢伙大腦思路似乎跟正常人不同，每每總是能在細節找到破案關鍵，因此特別詢問了一下。

「煦哥！你不要這樣看我，我眞的什麼都沒幹！你知道我就只是去偷拿背包的……」虎崽白著一張臉，抱頭求饒。

「安靜一點！」王煦裔出聲喝止。

虎崽不敢吭聲，不知道兩位兇神般的男子在想啥，接下來自己的人生就掌握在這兩人手上，乖得像隻小貓。

王昫裔望著電腦螢幕的兇案照片，又低頭看了郭德海拿來的鑑識報告，有種不尋常的感覺，他在腦中不停整理思緒，今晚短短幾個小時發生了許多事，案件關係人幾乎是圍繞著他轉。

他天生對案件就有一種敏銳直覺，過去辦案就時常發生，自己也說不上來。而此刻，直覺告訴王昫裔，這個案件還沒結束。

王昫裔得出結論後，下定了決心。

他轉向身旁的郭德海低聲說了幾句，然後靜靜看著虎崽，沒有說話。

「你確定？」郭德海瞥了一眼王昫裔，得到對方的同意後，接著轉向焦急的虎崽，說出了他今晚最有力道的一段話：「我現在以涉嫌兩起刑法殺人罪的名義逮捕你，請配合一下。」

6.

西北方約兩公里外的距離，有一棟外觀灰白相間的建築，基地面積五萬七千餘平方公尺，像一座方形小山，邊緣以數條優美曲線構成，宛如都市裡聳立的巨型洞窟，融合了現實與虛幻兩種看似無法共存的世界。

這一棟地上六層、地下兩層的龐大建築，是由日本建築師伊東豊雄設計的台中國家歌劇院，從二〇一六年正式啓用至今，已成爲當地知名地標，每年吸引眾多遊客前來參觀取景。

即使是像這樣的深夜時分，在建築周邊的亮白裝飾燈照射下，夜晚的建築更增添了超現實的氛圍。

阿雨離開眞相調查研究室後，並沒有如她說的回到土地公廟休息，反倒是繼續延著公園前進，直到靠近國家歌劇院側邊草地，另有一塊龐大的凹陷，十三道半圓弧石砌階梯，組成一座朝下延伸的戶外劇場。

阿雨獨自站立最底部的石造舞台，目光停留在牆上隱約浮現的標示。

一個由幾何線條構成的算盤符號。

「冤伸俱樂部。」阿雨心想，如果可以的話，她實在不願意進來這裡，跟一群墮落的不亡人嬉鬧。

牆上的簡約算盤符號，代表了一生所作所爲，在人死後，精算是非善惡與功過的象徵。從阿雨開始成爲不亡人的幾十年來，只要是在期限內成功證明自我清白的不亡人，都可自由選擇前去投胎轉生，或者擔任城隍的鬼差，享有永遠的生命。

成爲鬼差的不亡人，體能條件比一般人好上許多，但絕非刀槍不入的怪物，平時除了負責在陽間記錄凡人的是非善惡外，尚有另一項特殊工作，負責評估新任不亡人是否能在重返陽間的期間，成功證明自我清白。畢竟會成爲不亡人者，皆是生前善惡無法被判定之人，因此必須由這群特殊人士，來執行此項工作。

不過近幾年來，這群「資深不亡人」工作的態度越來越輕率，尤其善惡判定並不是件容易的工作，許多擔任鬼差的不亡人，只爲應付交差，甚至隨意讓新任不亡人干涉人間秩序，直到最後一刻草草參考人間法律的判決，就判定該人是否具備證明自我清白的要求。

更誇張一點的，則是爲了維繫鬼差的資格，胡亂評價，或者抓捕只犯下一點無心過錯的人類交差，勢利的態度，與人間常見沉溺私利的當權者，簡直不相上下。

是善是惡，似乎變得一點都不重要，只要這群不老不死的不亡人，可以繼續享有他們無窮盡的生命，讓他們幹什麼都行。

好幾次，阿雨懷疑這群人之所以成為不亡人，根本是惡大於善，若由她來評判這群不亡人是否具備證明自我清白的資格，恐怕世上的不亡人鬼差會少上大半。

她無奈地嘆口氣，把手按在牆上的算盤符號上。

符號邊緣逐漸浮現幽幽的紅光。

下一刻，一道僅容單人進出的門，赫然出現在她面前。

眼前這間「冤伸俱樂部」，其實正確用途應該為鬼差議事堂，每隔幾年就會搬遷新址，原本成立的目的主要提供擔任鬼差的不亡人們討論案情，但近幾年卻被默默改造成不亡人之間的玩樂據點，由一位據說已經擔任鬼差近百年的不亡人經營，甚至自稱俱樂部經理。

這傢伙不斷利用各種利益和好處，誘惑不亡人替他辦事，而且又很敢開各種條件，滿足無窮盡的生命下，帶來的空虛寂寞感，吸引一群墮落的不亡人鬼差聚集在此，對比牆上這個算盤符號代表的意義，顯得特別諷刺。

不過今晚，阿雨有不得不來的理由。

阿雨成為不亡人以來，第一次從凡人身上嗅到不亡人的氣息。

今晚又再次確認。

她想知道，在王煦裔身上，是否內含一種解答，可以解開幾十年來深埋在她心底的疑問。

擔任鬼差的不亡人一旦死後，究竟會去哪裡？

無窮無盡的生命終點，是否能獲得重新轉生的機會？

尤其在看盡家人都因年邁而逐漸凋零逝世，自己獨留在世間超過一甲子的歲月，回憶往事成了一種痛苦的行爲。

清純可人的少女外表下，阿雨眼神透露一股看淡世事的悲傷。

7.

當手機在玻璃桌面震動，發出擾人的噪音，一度讓擺放在旁邊的精鋼匕首也同步發出震耳的細微彈跳。

這把用胡桃木及水牛角製成的精細工藝品，廖慶金費了好幾個小時，才把強烈重擊引起的刀刃損傷修復。他忙碌了一整晚，卻什麼都沒得到，眼珠浮現的血絲和心中無處宣洩的憤怒，此刻甚至願意無償殺害任何一個生物，只要能解除任務失敗造成的挫敗感。

他抬起頭思索，後悔昨晚在紅酒裡加入的藥量不夠重，甚至應該在路邊跟蹤虎崽時，乾脆就在無人的小巷把他幹掉。

那袋一百萬元現鈔就像生了翅膀的金條，活生生從窗戶消失在自己的掌握中，他為自己辦事不夠果斷感到後悔。

仰躺GoldenOne酒吧沙發的廖慶金，手中夾著菸，不悅地點開手機，發現是一則簡訊。

現在還使用簡訊聯繫的人已經不多了，以往都是詐騙或廣告居多，但此刻的他慎重地點開，深怕遺漏那位的訊息。

你失手了。

簡訊開頭寫了這幾個字。

廖慶金身體感到一陣冰冷。

雇主是怎麼知道的？

難道有人暗中跟蹤他？但這是不可能的，廖慶金並不是第一次當殺手，他很清楚自己多年來爲了閃避警方或仇家跟蹤，在行動當下，特別注意自己別暴露行蹤，要是有人跟蹤一定會被他察覺，他對自己的實力還算有自信。

廖慶金懷抱著巨大疑惑，繼續往下讀。

不過，就結果來說，還算不壞。

另外，我替你沒能拿到報酬感到可惜。

這句話下方，附上了一個簡短的連結。

廖慶金點開，視窗彈出一則半小時前發佈的文字快訊：

「台中兩起連環兇案，檢方漏夜偵訊關鍵嫌疑人。」

內文主要是在說明一名幫派背景的年輕人，因徘徊逢甲工地現場，被趕到的警方盤查，赫然發現隨身行李居然有龐大現金，以及一把染血刀械，由於證據明確，直接被警方逮捕調查。

原來裡面還藏有兇器！難怪雇主要他錢帶走就好，其他東西不要碰。廖慶金心裡捏了一把冷汗。

他心想，虎崽是被救他的那名刑警帶走，但昨晚看他們之間的互動，應該是彼此熟識，怎麼才過一個晚上，就立刻被抓，更上了新聞快訊？

幹！虎崽一定是被這個刑警出賣，他早知道這些賊頭一點都不可信，可惜他這一百萬，他狠狠罵道。

但他心裡仍有疑問，眞的是虎崽殺了鑵頭和紅龍嗎？

他十分清楚這小子貪財又好賭，但要虎崽眞的動手殺人，自己又認爲不太可能。他困惑地回想昨晚的細節，的確有很多可疑之處，可是對於任務失敗的執行者來說，一切都無關緊要了。

廖慶金心中只被丟失那一百萬的懊悔占滿，恨恨地想完，準備把手機隨手一放，才發現最底下還有另一則訊息未讀。

當他看完時，感到一陣暈眩，就連身軀都忍不住地搖晃。

內容明確指示接下來雇主要他動手殺害的目標，以及一條匯入他私人戶頭的入帳通知，作爲下個委託案的預付金。

八百萬元整。

事成後，另外有三千六百萬元的後酬。

「哪有可能！」廖慶金驚呼大叫。

在失手後還繼續被委託案件，已經很不可思議，更何況報酬是他少見的鉅額。

他疑惑地打開手機裡的數位帳戶ＡＰＰ，確認了這個陌生戶頭在十分鐘前，匯進了一筆巨款。

這不是做夢！

他此刻分不清究竟是害怕，或者是興奮的情緒多一些？

剛登入銀行帳戶的手，就這樣懸在半空。

這次他要動手行兇的目標，是自己的結拜大哥。

台中市長，劉火憑。

此外，簡訊最後還附帶了說明。

如果昨晚那三人又來干擾，自己想辦法處理。

我希望你的專業，能配得上我付給你的報酬。

「當然沒問題。」廖慶金舔舐著興奮而微微顫抖的嘴唇。

即將背叛結拜兄弟的罪惡感和不安情緒，沒有在他心裡停留太久。

8.

上午九點，在廖慶金收到簡訊之前。

郭德海駕駛著一輛白色馬自達汽車，暫停在台灣大道慢車道的停車格，後方數台趕著上班找停車位的車輛發出尖銳的喇叭聲，郭德海只能尷尬地裝作沒聽到，只希望王煦裔盡快從旁邊這棟媒體辦公室出來。

「海哥，要不要我上去看看情況？」

另一位坐在後座的年輕男生看見刑警焦急的模樣，忍不住出聲，打開後方車門準備下車查看。

「給我回來！搞什麼東西，不乖點就眞的送你進警局！」

郭德海驚叫，從駕駛座伸手往後一抓，把虎崽按回車上。

「好啦，我只是想幫忙，又不是要落跑。」

虎崽嘀咕說。

郭德海雙手緊握方向盤，暗想自己怎麼會答應王煦裔的請求，萬一不成，這可是會調職懲處，甚至吃上官司。

幾個小時前，王煦裔請郭德海逮捕本次案件最大的嫌犯虎崽，但私下又對他說了幾句話。

「這傢伙不是眞兇，我敢肯定。」王煦裔低聲說。

「那爲何要我抓他？」

「不這樣做，那些媒體不會相信。」王煦裔冷靜地對郭德海繼續說：「從背包搜出的那把刀，上面居然有徐月承和虎崽兩個人的指紋，先不論虎崽，光是出現徐月承的指紋就是一件很詭異的事，人都走了多久，你不是不知道，這分明就是故佈疑陣，轉移警方的偵辦方向，眞正有問題的，是虎崽的指紋。」

「虎崽？你不是說那小子不是兇手……」

「對，他不是。」王煦裔停頓了一下，用視線瞥了被他倆晾在一旁的虎崽說：「但有人希望他是。」

「我剛剛比對過綠川的死者，和逢甲工地這兩件命案，有個細節被忽略了，我發現死者除了都被一把長柄物體貫穿胸膛之外，在插入傷口的邊緣，還是可以看得出明顯的刀械插入造成的穿刺傷。如果我推想沒錯，應該就是剛剛發現那把沾血的刀，他們兩人應該都是先被刀刺死，而非使用雨傘或工地的鷹架管。」

「你的意思是屍體被加工過？」

郭德海眼睛瞪大。

「很有可能。」王煦裔又說道：「你我都知道，用雨傘和鷹架管直接殺人，這需要多大的力量？簡直是不可能的事，應該是有人刻意加工，讓屍體呈現一種特殊的死法，並且這背後的眞兇很狡猾，他故意把第二名死者的胸前貫穿刀傷破綻做得更明顯，是有意讓警方發現被加工過的跡象。」

說到這裡，郭德海終於聽懂了。

「所以……有人刻意要誤導偵辦方向，希望警方認爲一切都是虎崽在搞鬼。」

郭德海恍然大悟道。

可是郭德海不知道究竟是什麼樣的兇手，會大費周章把兩起兇殺案做得如此複雜。依他自己的經驗，這背後一定還有鬼，但目的尚未釐清，而且正如王煦裔說的，他能感覺到事件還沒有落幕。

「接下來，換我們出招了，就看我們要不要自願上鉤。」王煦裔表情神祕笑說：「我有個國中學長，剛好在新聞台工作，相信他會很願意幫我這個忙。」

台灣大道的車流依舊驚人，郭德海心想繼續等下去，說不定等等其他警察就會來關切詢問，到時如果發現嫌犯虎崽在車上，不曉得會不會有什麼影響？

就當郭德海在車上有點坐不住時，辦公大樓自動門打開，走出兩名正在交談的男子。

「都不幹刑警了，還能有這種獨家新聞。」

一名身材高胖的男子笑著對王煦裔說，他胸前的識別證寫著「採訪中心副主任」，姓名是錢建智。

錢建智眼神飄向停在大樓前的白色馬自達，後座有一名染著金黃髮的年輕人，頭低低的，一臉無奈。

「那個就是你說的嫌犯？」他低聲說。

「對。」王煦裔神祕一笑。

「真有你的，好啦，就照你說的那樣報。」然後副主任又接著說：「真的不考慮加入我們啊？感覺你很合適。」

「或許我就是不能忘懷辦案的感覺。」王煦裔微笑道：「那麼，就請你多多協助了。」

王煦裔揮手道別，鑽進汽車副駕駛座，等車輛駛離後，轉頭朝正在駕駛的郭德海比了搞定的手勢。

新聞快訊如預期地在網路平台和電視上架。

『獨家！據報警方在現場逮捕一名可疑嫌犯，相關作案事證明確，目前正被檢警偵訊中。專案小組朝毒品買賣糾紛方向偵辦，預期不久之後，有關台中連續兩起恐怖命案，將會得到突破性的進展。』

播報新聞的記者畫面一轉，突然切換到一名身著灰色西裝、外型高大粗獷的男人，大步離開警局，被記者攔截採訪的畫面。

男人沒有露出慌亂的模樣，稍微輕咳喉嚨，站定位，似乎對這種情況很有經驗。

『請市民不用擔心，目前警方已逮捕重要嫌犯，我保證！在專案小組與本人的努力下，本案一定會盡速偵破，還給廣大市民一個安心生活的環境！詳細情形，請專案小組柯隊長說明……』

電視螢幕裡，劉火憑市長字字句句鏗鏘有力，人如其名，就算臨時被記者突襲訪問，也能從容應答。

倒是忽然被硬塞麥克風的柯憲隊長，顯得有點尷尬。

劉火憑市長這幾年突然從地方竄起，去年以些微的票數，贏得台中市長補選，四十一歲的年輕人形象，給外界一副政壇新血，充滿希望的嶄新氣息。一舉從青年立委躍升市長一職，跌破許多人眼鏡。

王眴裔坐在眞相調查研究室辦公桌前，望著牆上的新聞，貌似在思考什麼。

雖然新聞如原先規劃播出，目的是讓籌劃兩起兇案的幕後主使相信他的計謀已經得逞。但王眴裔判斷這件連環兇案應該還沒落幕，他希望可以藉此爭取一點時間，並且引誘對方犯下另一個案件。可是，他下一個目標在哪裡？而他殺害罐頭和紅龍，背後究竟有什麼意圖？難道眞的只是毒品買賣的金錢糾紛？

他隱約感到事情並非表面單純。

如果要進一步釐清，必須將案件化被動爲主動。

王煦裔心想。

此時，新聞畫面正好播畢柯憲的訪談。

坐在一旁沙發的隊長，臉色就像螢幕裡面那樣尷尬。

「你們兩個，膽子越來越大了。」隊長說。

「這……不是我的主意。」郭德海求救地望向王煦裔。

「廢話，我會不知道嗎？」

隊長經過記者一番拷問，有點疲憊，但他畢竟也是個老江湖，實問虛答，幾句偵查不公開，再給一些不影響調查的線索和虎崽不算清晰的照片，趕緊脫離被記者包圍的現場。

幸好王煦裔事先和柯憲打過招呼，沒讓搞不清楚狀況的隊長開天窗。

但其中最屬狀況外的，還是坐在柯憲旁邊的虎崽。

他整晚沒睡，一下被郭德海帶到警局建檔拍照，採集指紋、驗尿，幾乎所有能調查的線索都查了一遍。其中最關鍵的，是在命案案發前，他躲在逢甲一間關東煮店用餐，直到他預估時間差不多了，才偷偷摸摸跑進工地，拿了手提包就跑，行蹤幾乎都被沿途的監視器拍到。

關鍵的不在場證明幾乎可以直接宣布虎崽不是殺人兇手。

但這個關鍵證物當然沒有公開，報導依舊朝虎崽被當成主要嫌疑人的方向走，一如王煦裔的規劃。

經過一晚折騰，虎崽累得坐在沙發上就想打瞌睡。

王煦裔搬了辦公椅坐到沙發前。

「醒醒，我有問題要問你。」王煦裔說。

「現在？」

虎崽眼皮沉重，發現三個大男人同時望著他，勉強坐挺身子，只希望今天早點結束。

「是誰告訴你，紅龍會在那個工地出事？」

「紅龍？」

「就是逢甲工地那個死者。」

虎崽睜開疲憊的雙眼，回想隱藏在記憶的對話，他回答：「有個賭場新來的保全。」

「保全？」王煦裔說。

「他叫海羊，上次去偷看監視畫面的時候，還被他打趴昏了過去，我也是第一次見到……啊，不對。」虎崽忽然又說：「應該是第二次了，就是上次在賭場拿錄影帶給我的那位！」

王煦裔是第一次聽見虎崽述說那晚的眞實情況，但跟上回他說的情況有所出入，他沉思了幾秒，選擇相信這個版本。

「錄影帶……」

王煦裔立刻回想那卷《推理別在我死後》的影帶。

影帶裡的畫面，宛如一格一格的相片，在他腦中播放，直到閃過裝有屍體與鈔票的後車廂……

思緒忽然停住。

他的理智告訴自己，這裡有問題。

對照現今發生的兩起案件，有股莫名恐懼的感覺倏地升起。

影帶裡提到一則都市傳說，有一名來自陰間的連環殺手，作案後在現場留下鉅款，但目的是爲了吸引後續貪財的人上門，就像設下了誘餌，殺手就可以輕而易舉地埋伏在暗處殺害下一名被害者。

乍看就是一部勸人不要貪圖財富的微電影。

但這種毫無根據的傳說，王煦裔起初只當成拍攝影片的年輕人杜撰的故事，唯一有問題的，是影片最後出現在後車廂的屍體，以及散落在周圍的鈔票。

王煦裔原本只是出於好奇，想探究下去，畢竟這已經是十多年前的影帶，因此當他拿到影帶之後，單純把畫面裡的內容和這兩件命案分開看，直到現在才發覺，兩者之間根本存在重大的關聯。

相隔十多年的案件，像兩張不同的透明膠卷，逐一靠攏重疊時，因線索輪廓逐漸清晰而感到興奮。

一切不是巧合，而是有人刻意模仿！

如果交給虎崽錄影帶的保全，事先看完影帶內容，動了念頭模仿故事中的陰間連環殺手，藉由每一次在案發現場遺留下的鉅款作爲誘餌，然後再提早釋出消息，讓下一位被害者自己找上門，那麼就可以輕鬆殺害任何一名他設定好的目標。

前提那名被害者，也是一名貪財的傢伙。不幸的是，這種人世上多的是。

只是，這次虎崽爲何能順利脫身？

兇手，究竟是要嫁禍給虎崽？或者根本打算殺害他？

這名連環殺手，又跟罐頭和紅龍有什麼深仇？非得用如此兇殘的方式致人於死？

王煦裔盯著兇刀上面驗出虎崽涉案的指紋報告，心想，八成是趁虎崽在賭場昏過去時，強行抓著他的手印上的，但阿月哥的指紋呢？這又是如何辦到的？

他努力抑制快速的心跳，一個問題背後又帶來更多的疑問，替自己這麼晚發現感到不可思議。

「我必須盡快找到你說的保全。」王煦裔凝視著虎崽說。

9.

阿雨在台中市區街道快速移動。

正午時分，她的行動能力不如夜間快速，鄰近的辦公大樓，一整群上班族經過上午的疲勞轟炸，像農曆七月的餓鬼，眼神渙散又飢腸轆轆，正準備外出用餐，阿雨只能推開他們，小心地在人群間穿梭，心跳快速。

我得盡快找到王煦裔，她心想。

她後悔自己爲何要進入那間令人作嘔的冤伸俱樂部，如果自己不要那麼好奇，心裡不要那麼渴望解答不亡人死後將會何去何從的無聊疑問，她是否就不需要這麼匆忙？

但這一切都來不及了，都怪我爲什麼眞的要喝下那杯酒！阿雨暗自後悔。

昨天深夜。

冤伸俱樂部。

她進入一扇大門，上頭印有閃爍詭異紅光的算盤符號，專門招待來自各地的不亡人。

曾經，這裡是身爲城隍的鬼差，位於中部最大的議事堂，現在裡頭空氣卻有股陳腐的氣息。

它成立於一八八九年，空間可以容納一百三十名來自不同地區的不亡人鬼差，幾年後，在一名資深不亡人的提議下，擴建成一間有著中西融合風格的俱樂部，他也順勢成爲冤伸俱樂部經理。

陰暗長廊吊掛著整排鮮紅大燈籠，內部精美的大理石吧台、原木桌椅和銅製燭台光線，三面描繪生與死的彩色壁畫，空間沒有一絲自然光，營造獨特既不屬於人間，同時也不屬於陰間的詭譎氣氛。

中西融合的強烈風格，一如俱樂部經理綠色眼珠的混血外貌。

他有個洋氣的名字，叫威利。保持五十歲中年性格大叔的模樣，不知道已經過了多少歲月。

阿雨經過一面屏風，威利在上頭用毛筆寫了段話：

就連最強烈的陽光，也照不進冤伸俱樂部最外圍的位子；就連最正義的不亡人，也抗拒不了冤伸俱樂部一杯馬丁尼。

阿雨眉頭皺了一下，她覺得這段話比入口的算盤符號更加諷刺。

簡直是對自身職責最赤裸裸的嘲弄。

成為不亡人者，皆是生前善惡無法被判定之人，她心中對此規則起了很深的疑竇。

時代眞的不一樣了。

身為從日據時期就成為不亡人鬼差的阿雨，她見證超過半個世紀不亡人的興衰變化。

她本名林優雨，舊時台中葫蘆墩人，曾擔任醫院看護婦一職，也就是現代的護理師。一九一八至一九二〇期間，台灣深受致命的流感大流行之苦，從城鎮往鄉村擴散，三波的流感總共造成四萬餘人的死亡。在疫情期間，她協助許多染疫的民眾對抗疾病，拯救不少寶貴生命；但可悲的是，阿雨永遠無法忘記，在二十二歲那年，一個因為加班而晚歸的夜晚，造就了一名無辜生命的死亡。

那天晚上，一群盜匪趁夜摸進阿雨三合院的住家行竊，由於被她父母撞見，準備把兩老綑綁滅口，晚歸的阿雨剛好在這時返家。

她沒想過，平時因為拯救病人而讓雙手沾滿鮮血，在收工後，居然也要用同一雙手奪走另一人的生命。

但阿雨沒有遲疑太久。

她從自家柴房抓起一把柴刀，在盜匪下手前，一刀插進對方心窩，但下刀的觸感明顯感到不對勁，掀開已死的盜匪胸前衣襟，赫然發現一名被刀殺死的襁褓嬰兒，緊縮在瘦骨嶙峋的盜匪身上。

嬰兒滿身鮮血，如同懷抱嬰兒的男人一樣，已沒了呼吸。

阿雨愣住了，知道自己阻止了親人被害，但也同時導致了另一條無辜生命消失。

強烈的罪惡感席捲而來，內心還沒來得及意識太多懊悔的情緒，一名同行的盜匪盛怒之下，奪走她手上的武器，然後一刀朝阿雨劈下……

阿雨甦醒之後，已成爲不亡人。

她的父母最後仍死於那場劫難，而兄弟姊妹也當阿雨已過世，隨著歲月不停前進，她的家人逐一凋零，僅留下不老不死的阿雨一人。

雖然說，她總覺得回憶永遠無法再次相見的家人，是一件痛苦舉動，但她沒想過，還有另一種更恐怖的情況正在發生。

就是逐漸忘卻家人的回憶，而苟活於世間。

她不知道這種情況是否可以延緩，但強烈又空虛的感受，使得她急於尋求解脫，擔任鬼差的不亡人一旦死後，是否能重新轉生？或是像一陣煙般直接消散，就連轉世也沒有？

阿雨過去從來沒聽過有願意放棄無窮盡生命的不亡人，因此他從王煦裔身上，看到了一絲可能的機會。

或許，不亡人真的也有來世，只是沒人肯跨出那步而已。

「阿雨？真是稀客。」尖銳的男性聲音從吧台方向傳來。

她視線轉向，驚訝發現一個穿著深灰合身西裝的鬼魂坐在角落。是威利。

阿雨沒想到居然是現今最墮落的不亡人先發現她。

「請坐，要來點什麼嗎？」

威利似笑非笑地說，臉上掛著永遠看不透的神祕微笑，遞給她一本酒單。

「不用了，給我一杯水就好。」

「白開水？妳這樣的美女，喝這個未免太無趣。」威利朝酒保打個響指，在耳邊吩咐了幾句。

酒保沒有什麼表情，點點頭。

他調製飲品的速度很流暢，沒花多少時間，一杯線條優雅的雞尾酒杯滑動到阿雨眼前。

「這杯算我的，算是店裡的招牌之一，叫『回憶』，先試試吧。」

威利那雙鬼魅似的綠眼珠，彷彿看不見底部的深潭，平靜且危險。

阿雨不知道他是故意的，或者只是碰巧，凝視這杯橘紅色的酒，嘆口氣，接過來飲下。

酸酸甜甜的味道很好入口，但下一刻，一股淡淡的苦味開始擴散。

阿雨眉頭一皺，知道自己不可能喜歡這款酒。

「剛開始都是這樣，但久了妳會習慣的，就跟它的名字一樣。」威利從斜靠的姿勢坐直，身子前傾充滿壓迫感，緩緩說道：「有事找我？」

阿雨不喜歡一眼被人看穿的感受，但也不意外威利一眼看出她的目的，要知道他可是現存於世最久的不亡人鬼差，幾乎沒什麼謊話能瞞得過他那雙綠眼珠。

「我最近碰到一個凡人，他身上有不亡人的氣息。」

「有意思。」威利沒有顯露太多意外的表情，彷彿一切都在他的掌握當中。

「我想知道，擔任鬼差的不亡人，如果死後，是否還有來世？」

「妳想自殺？」

「我沒這麼說。」阿雨的眼神有點閃爍，咬著牙，她曉得威利不可能不知道不亡人逐漸出現喪失回憶的症狀，如果可以獨自解決這個問題，阿雨根本不可能前來尋求答案。

「我必須說，在我們選擇成為不亡人的那一刻，這一切就是註定好的。」

「即使是忘記自己最珍貴的回憶？」

「遺忘那些已經不存在的親人，少了羈絆，還獲得永遠的生命，妳不覺得這也是成為不亡人的另一個好處嗎？」威利淡淡笑道，冷漠的語氣，讓人感到心寒。

阿雨驚訝地望向他，心想這人已經墮落到超過她想像的程度，自己居然還抱著希望尋求協助，眞的傻到不行。

她耐著轉身想走的念頭，又聽到威利陰森的笑聲。

「先別急著離開，這個問題並不是眞的無法解。」威利停頓了一下，又說：「只要妳先做一件事。」

阿雨佇立原地。

「這陣子，我聽說有個連環殺手，到處犯案，殺了幾個無辜的凡人，我想妳應該知道。」威利繼續說：「但妳不曉得的是，他也殺了幾個不亡人。」

「連不亡人都敢下手？」阿雨有點訝異。

「如果讓他繼續幹下去，我這家俱樂部就有點危險了，妳也知道，我這裡只有不亡人能進入，客人少一個都很麻煩啊。」威利大聲說，聽起來就像是一名精打細算的商人，只為自己的利益盤算。

「所以，要我幫你抓到兇手？」阿雨問。

「是幫妳自己。」

「幫我？我不懂你在說什麼。」

阿雨一臉狐疑。

「妳剛剛說到帶有不亡人氣息的凡人，他叫王煦裔對吧？」

「沒錯。」阿雨不知道威利是如何得知，她很確定剛才沒有透露王煦裔的任何資訊，忍不住懷疑對方是否知道更多不肯透漏的實情。

「如果先讓兇手碰上王煦裔，他很有可能會被兇手給殺害，到時候妳的疑問，就永遠解不開了。」威利聳聳肩道：「要減緩妳回憶消失的症狀，他可是關鍵。」

「如果我不打算幫忙呢？」

阿雨並非不願出手協助王煦裔，而是她已經救過對方，曉得王煦裔不是膽小懦弱之人，並且阿雨一直以來堅持能少介入人間的衝突就少介入，除非萬不得已的情況。

「那也不會怎樣，只是妳的回憶消失的症狀不會改善，還有可能……」威利不懷好意地盯著桌上還剩半口的橘紅色雞尾酒，說：「或許會加速吧。」

阿雨不敢置信地望著那杯名叫「回憶」的雞尾酒。

酒裡面被下藥了……？

但更驚人的，是威利忽然低頭到她耳邊，輕聲說了幾句話。

這句話，揭露了連環殺手的眞實身分。

阿雨驚訝地望著對方，心中不安。

她知道威利說得沒錯，如果沒有自己的協助，單憑王煦裔一人持續追查下去，他必死無疑。

我得快點找到王昫裔，如果連最邪惡的不亡人都耍手段逼我協助一個陌生凡人，代表王昫裔在威利的眼中一定具有某種特殊的重要性。阿雨心想。

又或者，眼前這名鬼魂般的不亡人，正醞釀著另一個更深沉的詭計。

阿雨忽然意識到，在她選擇踏入冤伸俱樂部的時候，早已經沒有了選擇的餘地。

10.

王煦喬和虎崽把車停留在中港交流道附近的重劃區空地，僅留下郭德海一人在車上觀看情況。現在天色漸漸暗下，幾輛摩托車匆匆騎來，他們身著運動服從健身房大樓門口進入，很明顯是要到前方廖慶金投資的健身房運動的年輕人。而同時，有另一群穿著貴氣的男男女女，沒有選擇把汽車留在平面停車場，反倒繞到大樓另一側暗處，那裡有一個地下停車場入口，才剛靠近，就有穿著黑衣的年輕守衛靠近駕駛座，小心查驗車內的證件，才放行通過。

這裡是廖慶金幫派設立的地下賭場，夜間才開始營業。往來的賭客大多非富即貴，甚至有現任高階員警，或者議員等重要地方人士，每日光賭金就超過數千萬。

虎崽以往進入賭場，大都是從健身房內的隱蔽樓梯，但此刻他早就和老大鬧翻，又帶著一名前任刑警王煦喬，就算膽子再怎麼大，也不敢直接從停車場或樓梯進入。

「沒有別條路了嗎？」王煦喬伏身在對街的矮牆說。

虎崽搔著頭，有點苦惱該如何處理眼前棘手的情況。

這時，他瞧見一輛藍色箱型貨車違停在路邊，司機下車快步去買遲來的晚餐。

「有方法了，跟我來！」虎崽嘿嘿一笑，拍了拍王煦裔的肩。

三分鐘後，一陣輕微晃動襲來，周圍軟綿的觸感，讓王煦裔瞬間以爲又回到住家被窩中。他們兩人正躲藏在一輛洗衣廠的貨車內，由於每日都有配合的司機前來，把健身房會員使用後的毛巾收走，並運送乾淨的毛巾至健身房替換，貨車會直接駛進地下停車場角落的毛巾儲藏室，恰好隱蔽地解決入口守衛的盤查難題。

貨車下坡時又引起一陣晃動，他們分別躲進二台金屬推車，身上的毛巾重量堆積，幾乎把他倆深埋在最內側，王煦裔勉強露出一個小縫呼吸，免得還沒抵達，自己就先窒息了。

爲了找到那個叫海羊的保全，這點辛苦算不上什麼。

過去辦案時，我還遇過更苦的，王煦裔心想。

貨車引擎的震動停止，車廂門突然被打開。王煦裔聽見有腳步聲逼近，先是虎崽被推下車，然後輪到他。

他勉強躲藏在金屬推車裡，仔細豎起耳朵聆聽推車輪子移動的聲響，以及轉彎引起的晃動，他意外發現地下室比自己原先預期還寬敞許多。

直到他感覺推車不再繼續前進，又靜靜等待了一分鐘，趕緊低聲說：「到了嗎？」

沒有回應，王煦裔以為虎崽隔著推車沒聽到，又叫了一次：「喂？」

依舊一片寧靜。

王煦裔心中估算的距離，應該差不多該到儲藏室，索性直接把推車上方的毛巾推開，小心地探出身子一看。

「這裡是哪裡？」王煦裔一愣。

眼下是一個窄小的房間，房間角落擺放一台鍋爐加熱器，僅僅只有他一台推車。

虎崽去哪裡了？

王煦裔忽然感到緊張。

此時，健身房外。

郭德海坐在駕駛座，眼睛直盯著健身房大門與另一側地下停車場入口，他所在的位置，剛好可以同時監視兩地人員進出。

心想虎崽這個小混混看起來賊頭賊腦，但關鍵時刻還是能起作用。看著二人迅速鑽進洗衣廠的貨車中，大概就猜到他倆想幹什麼。

聰明的小鬼，幸好本性還不壞，不然地方又多了幾個這款狡猾的小混混，案子都辦不完了，他暗想。

這個時候，地下停車場忽然有車燈閃過。

一台黑色賓士從停車場駛出，郭德海原以爲又是哪個賭客玩完要離場，但從門口守衛恭敬的態度，他察覺一點異常。

他壓低身子，舉起望遠鏡，透過車窗仔細觀察。

開車的是一名保鏢模樣的人，而後座有一名看起來嚴肅的方臉中年男人，車窗放下，正抽著菸。

這張臉郭德海很熟，他常在警局工作會議的簡報上見到。是廖慶金。

這位地方大角頭一臉沉默，不同往日的囂張氣燄，不知道要去哪裡。

由於廖慶金涉嫌殺害虎崽和王煦裔，雖然沒成功，但早已被柯憲隊長吩咐特別注意此人的動向。

不過，此刻郭德海必須留在外頭接應潛入賭場的二人。

一時陷入了兩難。

從鍋爐旁平放的熱毛巾，還冒著溫暖舒適的蒸汽，王煦裔大概知道眼前的情況。

這間賭場雖然祕密經營，但往來的賭客皆是有頭有臉的人物，因此服務上一點都不馬虎。想必負責毛巾的工作人員把乾淨的毛巾運送到接近賭場這一側的加熱室，處理後將供給賭客使用。

而虎崽躲藏的那台推車，應該就是被送到健身房會員使用的普通運動毛巾區。這個意料之外的情況，當王煦裔弄清楚後，緊張的情緒暫時緩解。

現在我得靠自己了。他在心底說道。

王煦裔謹慎地穿過毛巾加熱室，外面是一條白色長廊，看起來是工作人員出入的走道，隱約可以聽見盡頭處，傳來骰盅和麻將敲擊的聲響。

他繞進員工更衣室，有件歐洲品牌的黑色西裝外套正送洗回來，他瞥了一眼，隨手換上。

從鏡子裡，看起來還滿像某個有頭有臉的年輕創業家，但他今晚比較想當個低調稱職的賭客，接著步出走廊盡頭。

王煦裔一眼望去這座地下賭場，有關賭博的內容他略有研究，就連在那間眞相調查研究室的書架上，也有兩本關於討論賭博的心理狀態。

其實賭博的歷史跟人類歷史一樣久遠，考古學家也發現古希臘和古羅馬時期的人們，也都愛玩擲骰子遊戲。但無論國內外哪個時代，賭博大都屬於非法的行爲，原因在於沉迷賭博而帶來嚴重的社會問題，過度強調運氣的風氣，也被許多宗教反對，但人性裡似乎與賭博有種難分難解的關係，要完全禁絕幾乎是不可能的事。

此刻賭場裡，百家樂、麻將、德州撲克都聚集人潮，幾名手氣正順的玩家，意氣風發，大聲吆喝，吸引許多人的目光。

王煦裔不是來賭錢的，他樂得當賭客中的隱形人，一雙精明的目光，快速掃視賭場周圍。

他正在尋找符合虎崽說的保全海羊，三十多歲，長相陰沉，雙頰偏瘦，還留個平頭。不過，在賭場繞了一圈，幾名穿著正式的保全都不符合這些形象。

難道他們要來尋人的消息走露了？導致對方提早避開追查？王煦裔在心中不停問自己。毫無疑問，這位叫海羊的保全，一定與這系列連環兇殺有著密不可分的關聯，必須要找到對方，這件事才能持續追查。

好不容易混進來賭場，如果不好好把握，機會下次可能就沒有了。

王煦裔持續移動步伐，但遲遲未有新的發現。就當他目光停留在位於角落的小房間，那裡是虎崽曾提過的監控室，也是場內保全駐點的位置。

房間內部角落，有幾個貼有白色短名條的儲物櫃，發現從底下數來倒數第二層的櫃子上，驚覺貼著海羊的名牌。

他忽然轉念一想，人雖不在，但只要有活動過，就有機會找到關鍵的線索。過去刑警天生的直覺，告訴自己不要輕易放棄，哪有一次辦案都是萬事順利？都是經歷不斷的撲空試錯，才能逮到一決勝負的線索。

他靠近監控室，辦公室裡不意外坐著一名年輕保全，一邊看著桌前的電子螢幕，貌似在監視賭場內的玩家是否有人作弊，卻一邊偷偷在底下滑手機，沒注意王昫裔已經來到門邊。

王昫裔比這名保全小哥健壯，又受過專業的擒拿與對抗訓練，若此刻他衝進去把對方制伏不算難事，但會引起太多不必要的騷動，不是目前首要選擇。

幸好這些日子，他爲了尋找紅龍下落，一併也把他的結拜兄弟廖慶金調查清楚，王昫裔知道還有更好的方法。

叩！叩！他在監控室門上敲了兩下。

年輕保全嚇了一跳，手機扔回抽屜，還可以聽見傳來細微的手遊聲音。

「你是誰？便所不在這邊啦！」保全抬頭看見王昫裔，以爲是走錯路來找廁所的賭客，擺手要對方趕快離開。

「慶仔如果知道外面有人博歹筊，你還在這裡玩手機，我看等他回來，你也不用待了。」王昫裔冷冷地對年輕保全說。

這名保全一聽，這傢伙看起來歲數跟自己應該沒差多少，居然敢直接叫自家老大慶仔，心想這人到底是什麼來頭，不敢得罪，試探性地詢問：「哪一桌？說人博歹筊要有證據喔！」

「麻將那桌。」王昫裔指著監視畫面角落的一個方框。

這個指控並非無的放矢，他方才在賭場四處繞時，不僅注意場內保全，就連賭客也一起觀察，赫然發現有兩名一男一女的賭客，裝成不認識，其實不斷利用暗號互相餵牌。其中一名男性賭客有點心虛，動作太明顯，才讓王煦裔一眼識破。

年輕保全經他提醒，狐疑地看著即時監視畫面一陣後，頓時驚覺事情大條，萬一事後被追究當班責任，自己不知道會遭到何種嚴厲的處分。

「幹恁娘！好大的膽子，差點被這兩個白目害死！」年輕保全氣急，立刻從位子上跳起，拔腿就往賭場衝，還差點撞到王煦裔的肩膀，外頭頓時傳來哄鬧。

看情況，還會鬧一陣子。

王煦裔趁機溜進小房間，快速把監控室的金屬門關上，立刻朝儲物櫃靠近。他輕輕轉動海羊櫃子的把手，以爲另有防盜裝置，但隨著「咔」一聲扣環解鎖的聲音，儲物櫃門板很順利地開啓。

裡頭整理得很乾淨，放了件輕便外套、藍色原子筆、手機充電器，還有一本看了一半夾起的國外翻譯小說，就沒其他多餘的物品。他以爲外套會有什麼值得搜索的東西，仔細摸過口袋，什麼都沒有發現。

王煦裔有點灰心，就連那本小說，也是自己多年前看過的，除了發現海羊還有閱讀的興趣外，這個櫃子幾乎沒有可以稱得上線索的東西。

王煦裔想闔上門板，不過注意力卻又再度被這本厚達四百多頁的書吸引。他隨手把夾起的段落翻開，米白色的書頁上，夾著一條紅線串起的護身符，十元硬幣大小的金色表面，除了印上福德正神的標誌，邊緣還刻了一個小字。

他突然感到一陣暈眩，心臟快速地跳動，感覺這個儲物櫃裡的黑暗，逐一朝他逼近。

眼前這個護身符，被人刻上一個「暮」字，是他的姊姊王暮暮時常掛在手邊的飾品，也是她當年從土地公廟求來的護身符，幾乎片刻不離身。

爲什麼會出現在這裡？

就連不信鬼神的王煦裔，爲了紀念她，胸前也時時戴著同樣讓王暮暮求來的小護身符。

他按著胸口，浮現當年得知姊姊自殺、自己卻無能爲力的強烈懊悔，胸前的護身符隱隱發燙。

11.

同一時間，大肚山夜晚的強風吹得相思樹林沙沙作響。

廖慶金一人獨自坐在景觀咖啡廳的內側包廂已經快半小時，沒心思欣賞眼前台中市的夜景，他困惑地盯著桌前那杯冷掉的咖啡，不知道劉火憑這個時間找他出來打算談什麼。

此刻的氛圍，令他聯想起三年多前，那個陰冷的冬天。

當時還是立委的劉火憑急著找他出來商討事情。

那年，廖慶金跟劉火憑是眞正的換帖兄弟。過去兩人都是街頭出身，爲了生存，一同幹了不少骯髒事，他屬於敢打敢衝的類型，只要事情有三成把握就敢出手，因此也被廖慶金掌握了不少賺錢的機會。而年紀稍長的劉火憑較有謀略，做事細心，偶爾遇事有些猶豫，不過口條和外型俱佳，因此在廖慶金的鼓勵和支持下，逐漸投入政治嶄露頭角，成爲炙手可熱的政壇新星。

男人很奇怪，非得要一同幹壞事，締結屬於小群體之間的情感，才能凝聚彼此的向心力。但現實更殘酷，似乎只要一方的成就逐漸超車，就會把落後的那人當成亟欲擺脫的累贅，即使對方沒這種意思，但落後的那人，總能把懸浮在空氣中那種細微的氣氛一一放大檢視。

我什麼時候成了這麼婆媽的男人，廖慶金暗罵自己。

三年多前，劉火憑得知有名年輕刑警，正在追查數十年前，自己年少時曾幹過的一件罷凌事件。起初他不以爲意，對這件事印象也很模糊，且這類事情一點證據都沒有，與他每日在地方政壇處理的鬥爭相比，簡直稱不上威脅。

原以爲這樣想一點也沒錯，直到這名年輕刑警居然私下找上門，劉火憑才知道事態已經發展到不能用權勢解決的程度。

於是，他向廖慶金求援，既然對方尚未用正規管道處理，想必其中一定有隱情，對付這種檯面下的紛爭，他的手段更多，而且快速有效。

劉火憑藉口要與這名年輕刑警好好私下處理，相約在大肚山一個隱蔽的產業道路談判，但實際上，抵達現場的人是廖慶金，而廖慶金剛好與這名刑警有過查緝毒品的過節，給了自己好兄弟一個復仇的機會。

就這樣，這名被警界當成明日之星的優秀刑警，祕密葬送在這兩名換帖兄弟的設計當中。

此刻，廖慶金坐在景觀咖啡的包廂裡，他想起當年替劉火憑殺人的回憶，不知道今晚對方又有什麼請求。

除此之外，神祕雇主的委託任務被廖慶金藏在內心深處，但他不急著立刻行動。畢竟這次的目標不是一般人，絕對不容任何閃失，必須小心處理任何可能追查到他身上的細節，這種殺害直轄市市長的案件非同小可，一絲差錯都可能讓自己永遠翻船。

約略接近晚上十點半，相思林間的道路駛進一輛銀色私家車，一位戴著咖啡色鴨舌帽，穿灰色防風外套的高大男人獨自從停車場走進景觀咖啡廳，只帶著一名親近隨扈，大老遠就能感覺出這人非常謹慎，似乎不希望太多人知道這場赴約。

這名高大粗獷的男人一進入包廂，連帽子都還沒摘，立刻以不同於電視上親和力十足的語調，冰冷不耐地說：「慶仔！你到底在搞什麼？罐頭和紅龍莫名其妙被人給處理掉，你當人大哥的，是按奈對兩個細漢的家人交代？」

這位高大男人，正是劉火憑市長。

廖慶金沒想到劉火憑一進門就開罵，起身讓市長先入坐，但他心中已充滿不悅。幹！到底誰是大哥？不是你劉火憑嗎！按奈一死人就換我變老大？廖慶金在心中抱怨，一股怨氣沒地方發洩。

「大哥，先坐下再說啦。那個阿峻，幫個忙。」

廖慶金示意站在外頭的市長隨扈把門帶上。

這名叫吳峻卿的隨扈先猶豫看了劉火憑一眼，市長點了點頭，這才不情願地退出包廂，和廖慶金帶來的保全一同站立在門外等候。

「現在是什麼情況？那個少年郎甘眞的是兇手？」劉火憑說的當然是虎崽，他不久前從警方那邊得到相關的情報，得知目前的偵辦方向。「如果我記得沒錯，那個少年郎不是你帶的嗎？」

劉火憑一雙眼警戒地看向他。

「警方說是就是，我又不是戴帽子的，大哥，你別誣賴人！那個虎崽雖然以前跟我，但早就撕破臉，沒往來了啦！不信的話去問問我隨便一個小弟都知道。」廖慶金這段話說得不錯，但前後因果錯置，眞實原因也僅有虎崽和自己知道，外人只能看表面，也聽不出任何破綻。

「如果是這樣最好。但就可憐罐頭和紅龍這兩個，人家都跟著我們十幾年，從細漢打拚到現在，唉，你替我各匯兩百萬給他們家人，就從下個月分紅裡面扣。」

「嗯……」

廖慶金早知道劉火憑會來這招，之前製毒廠和酒店的利益，他幾乎分毫不差地上繳給他，只爲換取地方政治上的庇蔭，就算劉火憑當市長後也沒間斷，但一次就預支四百萬的分紅，也是一筆不小的開銷。尤其製毒廠被查緝小組整個毀掉，又少了罐頭和紅龍的協助，等於憑空少了一大筆毒品利益，根本是要把自己賭場和酒吧的利潤拿來補。

這些年，廖慶金靠著劉火憑的支持，不論檯面上正經生意或者非法勾當，都賺了不少，他也樂得支應劉火憑選舉上各方龐大的開銷，許多不好曝光的，都由自己出馬幫忙喬事。但這半年來，黑白兩道生意都不好做，競爭也激烈，以往結拜兄弟的情份也經不起一次又一次的人情勒索，他感覺劉火憑只把他當成一名好用的小弟來看待，而非結拜兄弟裡的二弟。

手頭正緊的廖慶金，聽見對方又開口預支四百萬，差點就有衝動想把劉火憑當場給處理掉，獲取神祕雇主的豐厚報酬。

「好啦，別講這些傷心事，人都往生了，重要的是活著的要顧好，不是嗎？」劉火憑忽然話題一轉，壓低音量道：「慶仔，今天找你出來，其實是有件事要跟你商量。」

「蝦米代誌？」

「我懷疑有人要對我不利。」

市長這句話說得極輕，但聽在廖慶金耳裡，宛如一個耳光般響亮。

「大哥，你再說一次？」

他以爲接受神祕雇主的委託消息走漏，若是這樣，自己還天眞來赴約，豈不是挖坑給自己跳？

我得趕快下手！

廖慶金不自主伸手摸向外套內側的精鋼匕首，殺手般的敏銳直覺，開始動腦評估行動的可行性。外頭僅有一名市長隨扈，而自己也帶了一名保全出來，若眞的打起來應該不會吃虧。另外，每次他倆見面，劉火憑都是乘坐私家車來，屬於個人私下行程，並不會公開，如果眞的出事了，恐怕一時半刻也不好追查。

他在外套內緊握著精鋼匕首，心跳飛快，或許這是今晚最好下手的時刻。

歹勢了，大哥。他在心中暗忖說。

就在這個時候，劉火憑又說話了。

「慶仔，政治是個大染缸，一切全看表面。我甘願當作沒走過這一遭，現在剩咱兩個，有些話沒辦法跟外人說，你先聽看看。」劉火憑停頓了一下，繼續：「明年市長選舉，我打算不參加了。」

「蛤？爲什麼？」廖慶金沒想到劉火憑是要談市長選舉，前一刻準備殺人的情緒登時被打斷，腦袋還有點轉不過來。

以他目前的聲望，在目前中部政壇還找不到第二個能與他爭鋒的青年才俊，就算放到全台灣，也是知名度頗高的政治人物，他實在想不通劉火憑爲何要放棄市長大位。

廖慶金也不管才剛動過殺念，只想弄清楚大哥好好的市長不幹，難不成要回來重操舊業，跟自己混江湖？

劉火憑當然知道慶仔十分不解自己的決定。

市長的眼神迷茫，他很久沒有這樣被逼到絕境的感覺，依他年輕時的火爆脾氣，哪有可能屈服在任何人底下。

但這次的情況不一樣。

市長從公事包掏出手機。

這手機不是他個人的，而是前幾日在自家信箱發現的，沒有屬名要給誰，也沒有上密碼鎖，點開螢幕就直接是段看起來有點歲月的影片。

畫面裡先是用文字簡短敘述一則流傳在都市的傳說，一名來自陰間的連環殺手四處犯案，然後利用現場故意留下龐大金錢，吸引下一個愛錢的被害者上門……

一般來說，成年人看到這種莫名其妙的影片，大都是看過就忘了，唯獨劉火憑見了，全身像掉入了冷冽的海水之中，忍不住僵硬身軀。

難道，這件事還有其他的目擊者？市長強忍顫抖，心裡這樣想。

影片他不需看下去，就能知道接下來的發展。

因爲，這支影片是當年劉火憑親自拍攝的。

劉火憑在包廂裡，把手機遞給慶仔，他只是皺了眉頭，忽然恍然大悟，說道：

「這支不是我們四個少年時，拍好玩的影片嗎？」

原來，這支影片的拍攝，當初是由這劉火憑、廖慶金、罐頭和紅龍四人一起合作，當年很流行各種都市傳說，幾人碰巧得知有一場微電影競賽，因此合作要來爭取第一名的獎金十萬元。

但就如影片末段出現的意外，原本要僞裝成被害者的紅龍，赫然發現偷來的轎車後車廂，居然有一具無法辨認的死屍，四周還灑滿千元鈔票，他們只好趕緊草草結束拍攝。

不過當時缺錢的他們，可沒放過這些平白得到的龐大現金，一口氣搜刮個空。此外，這輛拍攝用的轎車，其實也是他們偷竊來的，但怎麼樣都沒想到，居然偷來的轎車裡面有屍體。爲了避免後續困擾，四人想了個方法，把汽車藏在鄰近的廢棄修車廠裡，然後蓋上帆布，趕緊散去。

最後，影片沒有參賽，這件事就這樣成了他們四人共同的祕密。

想當然，如果這件事就停留在這裡結束，其實年少時幹過的壞事不差這一件，也構不成今日劉火憑決定退選的眞正原因。

壞就壞在，劉火憑等四人在這件棄屍案中，原本一切就應該在隨著帆布掩蓋後就結束，但他們又接續幹了那件惡劣的蠢事，使得一名無辜女孩選擇跳樓而亡，劉火憑還記得那位女學生的長相，這幾年他從來沒忘過。

壞事一旦起了頭，就容易引起連鎖效應，面對接續而來尋求眞相的人們，會讓人不自主地把更惡劣的壞事一件一件幹下去，直到自己完全腐朽爲止。

劉火憑原以爲殺死尋求眞相的徐月承刑警後，這件事就應該告一段落，但眼前這支手機，似乎又提醒著他，這件事從來沒結束。

有人在暗地裡，要替死去的女學生和刑警復仇。

罐頭和紅龍都已經被殘忍處死，警覺的市長，內心隱約察覺這些連環命案，並不如警方說得那般單純，絕非毒品買賣糾紛那樣簡單。

多年在政壇打滾的經驗，培養了劉火憑察覺危險的獨特感官。他必須趁這一切還沒曝光，在自己媒體形象還堪稱完美之時，暫退鎂光燈前，或許未來還有機會一拼。

爲了保命，也是爲了保存政治實力。

在對面包廂沙發，隨性豪邁入坐的廖慶金尚不知道這件事背後隱藏的殺機。他這位換帖兄弟其實並不清楚當年殺害徐月承刑警的眞實原因，只給他一點復仇的機會，慶仔就會像頭餓昏被搶食的野獸，狠狠撲上去咬人，這是他這個二弟最好利用的一點，但同時也是他最大的弱點。

市長忽然靈機一動，他知道自己可以掌握這隻野獸，如果這步棋下得好，或許不用走到退出政壇的那一步。

「慶仔，還記得那個女學生嗎？」劉火憑低聲問。

「女學生？喔喔，你說那個跳樓的，好像叫什麼暮暮，都這麼多年了，差點都忘記了。」他漫不經心的回答。

「我懷疑，罐頭和紅龍的死，跟這件事有關。」

「甘有可能？人都死這麼久了，而且誰又知道這跟我們有關，大哥你想太多了啦。」

「你先別太早下判斷，我的擔憂自然有它的道理。」市長停了一下，以平時和各方政治勢力協商談判的自信語調，讓人不容輕忽他接下來的發言：「我退出選舉沒關係，慶仔你可以代替我去選，在我的推薦力保之下，我就不信你連立委都當不上。」

「我選立委？」廖慶金忽然一愣，疑惑道。

「對，最近有幾個選區立委因爲貪汙關說被判刑，剛好空出位置，我們台中就有一個，三個月之後，就要舉辦立委補選，原本我還在煩惱要挺誰出馬，但這種好康的，當然先通知你，怎麼樣？有沒有膽試試？」

市長半哄半激，說得讓廖慶金心頭癢癢，這突然的變化已經超過自己的預期。

慶仔在腦中不停思考，原本已經接下了雇主的暗殺任務，求的就是那幾千萬的報酬，但現在大哥給了另一條從來沒想過的道路，心中被利益驅動的天平又出現傾斜，如果眞的讓自己給選上了，哪還需要貪圖眼前這幾千萬的利益，更何況這次有劉火憑力薦，說不定未來連市長的位置都有可能被自己搶下。

「大哥，要怎麼做？」廖慶金已做出了選擇。

「選舉的部分不難，我自己要退出的消息還不急著曝光，未來再對外宣稱身體因素暫退二線就好。目前首要趁我在檯面還說得上話，順勢把你推出當接班人，我的支持者一定會相挺到底。」劉火憑熟稔地說著有關選舉的布局，接著又道：「但比較麻煩的，就是那幾個刑警，我擔心他們繼續查下去，可能會知道你那個小弟恐怕不是眞正的兇手，到時候，如果順著查到三年前那件事，可能就不好辦了。」

他們雖沒說破，但都知道講的就是徐月承刑警那件事。

三年前，現任市長聯合地方角頭，私下殺害刑警，無論從何種角度報導，怎麼想都是一樁破天荒的醜聞。

廖慶金臉一陣熱，雖然他自己也明白虎崽不可能是殺害罐頭和紅龍的眞兇，但剛才被大哥質疑時，也沒刻意說清楚，只顧著把殺害他們兩人的嫌疑撇除再說。經由市長一提點，廖慶金也弄明白這其中的輕重，罐頭和紅龍死了就死了，萬一警方追查到過去三年的案件，可不是鬧著玩的，於是趕緊說道：「這個簡單，要讓這幾個戴帽子的閉嘴，方法多的是，交給我來處理。」

市長沒多說話，只是呵呵一笑。

廖慶金見狀也跟著笑了。

他心中盤算，就先照著大哥的規劃幹看看，如果眞的給他拼到了立委位子，這樣最好，如果真的不成，那自己再來動手完成神祕雇主的委託，畢竟對方也沒跟他壓個任務截止日期，無論哪條路都是穩賺。

他替自己的靈活變通感到暗自竊喜。

此刻，景觀咖啡包廂門外，擔任市長隨扈的吳峻卿不清楚裡頭發生了什麼好事，一陣陣笑聲從包廂傳來，他曉得這名角頭老大是劉市長多年的至交好友，多次趁著公務結束的空檔，低調前來和他碰面商討事情，阿峻也不多問市長私事，稱職地做好隨扈的角色。

由於是市長私人行程，他是下班後回到分局繳槍，然後再開著市長私家車前來，看似早已收工，但這時的壓力更大，不知道有什麼奇怪的人會突然認出市長。

要擔任市長隨扈，除了在警局表現得優良，不能有過不良紀錄，但更重要的，是必須具備膽大心細的特質，在老闆還沒開口前，就能意識到對方的需求，也因此培養他隨時觀察外界的基本能力。

阿峻就特別注意到，倚靠在包廂門邊，另一名比他先來的黑道保全，看起來似乎不同於以往的道上兄弟，神情雖稱不上異常，但也沒見過這種類型的。

那種表情，就好像隨時都在腦海中仔細推敲籌劃的神情，不太會出現在一名黑道保全身上，引起他的好奇。

「你是廖慶金新收的小弟？之前沒見過你。」吳峻卿終於忍不住開口。

這名身材高瘦、留著短平頭的黑道保全沒想到會被市長隨扈搭話，溫和地對他笑了笑，說道：「是啊，我叫海羊，長官你呢？」

12.

地下賭場的監控室裡，王煦裔站在海羊個人儲物櫃前，努力設法理解爲何王暮暮的隨身護身符會出現在這裡。

這一點道理也沒有，他忍不住唸道。

根據王煦裔的調查，海羊是近三個月從北部搬來台中的，在江湖上沒有什麼名氣，也沒前科，但這些日子因爲廖慶金突然想增加保全，欠缺手腳俐落的人手，剛好無人收留的海羊就來投靠他。

由於爲人忠誠，話也不多，很得廖慶金賞識，最近都把他帶在身邊行動。

有時候，過去乾淨得像一張白紙的人，特別難以判斷對方的眞實目的。

因此王煦裔才想親自走一趟，卻有了意料之外的發現。

王煦裔盯著姊姊曾配戴過的護身符，當下很想把它直接拿走，但最終還是放棄，把書闔上。

就在這個時候，一直緊閉的監控室鐵門忽然震動了一下。

打斷王煦裔的思緒，驚覺自己花費太多時間，趕緊把儲物櫃門板用力關上。

「煦哥，你怎麼還在這裡！」一個染著金黃髮的年輕人探進頭來，焦急說道。

「原來是你，嚇我一跳，還以爲你不見了。」

虎崽小心翼翼地關上門，但又異常緊張，不停地回頭張望。

「我們要趕快離開！」

「可是剛才保全才被我引誘去處理賭場出千的事……」

「不是這樣，煦哥，你看那邊，賭場的監控室不只一間。」順著虎崽的指向，監控螢幕最下方角落方格，裡面有兩個眼熟的年輕男人，正盯著一個發光螢幕猛瞧。

正是王煦裔和虎崽的身影。

「我的天！原來這裡也有裝監視器！」王煦裔猛一抬頭，赫然發現身後一個隱蔽的角落一台監視器正對準他們倆。起初，他以爲保全之所以敢在值班時玩手機是因爲沒人監視，結果只是因爲角度剛好被桌椅擋住而已，保全才敢偷玩。

從幾個監視畫面方格來看，少說有四名穿著西裝的保全，正穿過華麗的長廊，快速朝他們所在的位置移動！

「你說得對，我們要快離開！」王煦裔腦筋快速飛轉，如果要選擇回到來時的毛巾加熱室躲藏，距離已經太遠，而且也不能確定他們躲藏在金屬推車的行蹤有無被攝影機拍下，必須選別條路才行。

「不管了，先離開再說。」

他們推開監控室鐵門，朝遠離賭場的長廊盡頭走去。

這區的走廊是賭客會出入的地帶，裝飾得非常豪華。

從這點來看，就曉得廖慶金在警界的關係打點得非常完善。一般地下賭場通常為了保持機動性，大概幾個月就得更換場地營運，因此幾張桌椅就可以開賭，也不會有角頭刻意在裝潢上動巧思吸引人來消費，但光是這條走廊的裝飾隔板和華麗水晶燈，簡直就可以跟澳門的賭場一拼，擺明有長期經營的打算。

傳聞廖慶金這個大角頭跟市長交好，從賭場的裝潢來評斷，若背後沒有強大的靠山應該無法做成這樣的規模，印證了自己打聽到的猜想。

保全的沉重腳步聲密集從後方傳來。

「虎崽，除了停車場和健身房樓梯之外，還有沒有別的出口？」王昫喬低聲問。

「是有一個，可是……」

「沒什麼可是了，快帶我去！」

王昫喬打斷虎崽的話，下一秒，就聽到身後有名保全大喊：「在這裡！」

「快跑！」王昫喬大喊。

虎崽硬著頭皮在前方帶路，二人拔腿就跑。

長廊兩側是獨立的包廂，提供追求隱私的高端客人開賭。王昫喬隨手按壓幾道門，都是上鎖的狀態，由於長廊無法藏人，他必須設法讓後方急追的保全減緩一下速度，即使是片刻都好。

忽然他看到有名賭客正從其中一個包廂開門出來，紅著臉，也不知是輸太多還是趕著去廁所，他趕緊衝上前，用力推開包廂，對著內部大聲喝道：「臨檢！」

過去他擔任刑警時，也幹過不少次這樣的事，他知道接下來會有什麼情況發生。

包廂裡有四名賭客和一位服務生，他們正打著麻將，被王煦喬突然一喊，如電腦當機般停頓，接著彷彿炸了窩的螞蟻，抄起桌上的現金就往外頭衝，一時之間狹窄的走廊鬧成一團。

「幹恁娘！不是說這裡很安全嗎！」

「快走快走！」

「媽的！你不要偷拿我的錢！幹！」

幾名賭客像神經病一樣，邊罵邊往走廊塞，此刻的騷動也引起附近的包廂注意，紛紛探出頭來。

「要是廖慶金知道了，不把我剁了餵狗才怪。」虎崽沒見過這種景象，佩服王煦喬的應變能力，信心大增，繼續往前帶路。

二人快步轉過幾個彎來到走廊底部，前方居然是一面牆，壁紙貼著酒店常見的白皙裸女圖樣。王眗裔一眼認出，這不是什麼普通裸女，而是擺放在法國羅浮宮的三大鎮館之寶，米羅維納斯，也被稱爲斷臂維納斯。

許多國外酒店或賭場爲了呈現高級感，特別請設計師操刀，模仿古典的風格裝飾，沒想到廖慶金這名角頭也有點講究。

「沒路了？」王眗裔皺著眉，眼神瞥向虎崽。

「別急，老大他有特別設計給自己的逃生路口，就是爲了逃跑用的，但我也沒試過。」

虎崽在牆面摸索，尋找隱藏的開關。

王眗裔過去特別喜愛閱讀這類歷史或謎團的書籍，相關知識豐富，也對日後轉任眞相調查工作非常有幫助。他知道維納斯雕像經過千年，仍被視爲女神，成爲女性美麗的象徵，很重要的原因是把人體區分成上下兩個部分，上下兩個比例恰好完全符合黃金比例，1:1.618，而黃金比例的分界點剛好就位在肚臍。

王眗裔心想這個角頭該不會連這個小知識都曉得，伸手按了一下牆面肚臍的位置。

沒有反應。

他有點小失望，但因爲近距離觀察，卻發現另一個不平整之處。

「不會吧。」他嘀咕道。

王煦裔嘗試輕點了一下維納斯雕像右邊乳頭的位置。

竟然發出了亮白色的光，是一個觸控面板的按鈕。

眼前的牆面倏地分開成兩半，出現一座窄小的電梯空間。

「我太高估你老大的品味了。」王煦裔忍不住說道。

「是前老大。」

虎崽尷尬地笑說。

電梯周圍是由霧面的不鏽鋼構成，空間相當窄小，頂多容納三人就顯得侷促，看起來原本是座小貨梯。其實這棟大樓中央樓層，另有其他商辦用途，但這座電梯鮮少人用，因此被廖慶金看中。

「到一樓就能離開這裡。」

虎崽點了一樓電梯按鈕，不過按鈕卻沒有發光，電梯依然靜止不動。

他又急著按了幾下，還是沒有動靜。

「是不是需要密碼還是感應扣之類的？」

「我不知道，之前從來沒聽廖慶金說過。」

幸好電梯門關閉鍵還可以動作，隱約可以聽見外頭走廊，幾名追趕上的保全困惑地交談。

但撐不了太久，保全之中一定有人知道這裡有座電梯。

忽然間，電梯震了一下。

王晌裔以爲門要開了，神經緊繃，但下一秒全身感覺到有股壓力。

「電梯上樓了？是你用的？」

「不是啊，我什麼都沒幹。」

虎崽急著按向1樓按鈕，沒有反應，只能眼看面板數字不停跳升，錯過一樓，又持續往上走。

王晌裔忽然有股不祥的預感，轉頭問道：「這棟大樓地下室是賭場，然後往上是健身房，那頂樓又是什麼？」

虎崽先是低頭想了一下，頓時一驚。

「之前聽廖慶金在講，要弄一間『神壇』。」

「神壇？他除了當角頭，還想當廟公啊？」

「不是這樣。」虎崽表情閃過一絲恐懼：「公司裡面都在傳，那裡是廖慶金用來處理背骨仔的地方。」

13.

健身房大樓外，白色汽車停在暗處已經一整晚。

在駕駛座的刑警郭德海，打著哈欠，卻依然堅持著，一雙眼沒離開過這棟大樓，監視出入的車輛與人群。

兩個小時前，發現角頭廖慶金離開此地，他沒有追上，因爲必須替潛入地下賭場的王煦裔和虎崽當後應。

但他們兩個也去太久了。郭德海忍不住抱怨說。

忽然，他發現大樓地下停車場入口處，好像有些騷動。

幾輛轎車開得飛快駛離，底盤刮出細微火星，不時還傳出幾個賭客的罵聲，滿臉不爽。

「八成是王煦裔在搞鬼。」郭德海暗笑。

這不是郭德海第一次看見他這位學弟不顧規矩的表現，每次總讓他們一同出勤的偵一隊成員提心吊膽，雖然時常能收到奇襲效果，但大部分的同仁不愛他這種亂搞的作風。

既然我們抓的對象是一群藐視法律的傢伙，偶爾也該讓他們嘗嘗法律之外的手段，否則那些被害者也太可憐了。王煦喬知道有人不認同時，曾這樣跟郭德海說過。

郭德海雖然也覺得不妥，但內心深處其實是欽佩這傢伙敢做敢衝的個性。

數名賭客紛紛離開不久，有道刺眼的閃光從郭德海左側後照鏡反射而來，領頭的是輛黑色賓士，後方又跟了兩輛汽車，速度很快，郭德海原以爲是不良少年在追逐競速，但這三輛車卻同時在地下停車場入口急煞。

幾名身穿黑衣的幫派份子跳下車，手裡抓著刀械，衝進大樓裡。

黑色賓士又下來一個方臉男子，殺氣騰騰地，門口守衛不停跟他報告內部發生的異狀。

這男人是廖慶金，他和劉火憑結束會面後，得知自家賭場居然遭人闖入胡搞，趕緊招集手下回來。

不遠處的郭德海認出廖慶金，看得心驚，他不管王煦喬是否還在裡頭幹什麼大事，立刻掏出手機打給他，但一直沒接通，對方訊號似乎有點異常。

「靠！我該怎麼辦？」郭德海氣得用力捶了方向盤一下。

今晚的行動雖有告知柯憲隊長，但由於主要行動人是王煦喬和虎崽，他們皆不是正式的警員，當然不會有額外的警力支援，況且就算郭德海現在衝過去，他也沒有申請搜索票，有很大的機會直接被擋在門外。

就當他苦無辦法時，又一台電動機車從旁呼嘯而過，騎車的是一名路上常見的外送員，正繞著路，似乎正在苦惱該如何把餐點送抵眼前的大樓。

有辦法了。

郭德海眼看這群惡煞都走進了大樓賭場裡，深吸一口氣，把配槍塞進外套藏好。

既然我們抓的對象是一群藐視法律的傢伙，偶爾也該讓他們嘗嘗法律之外的手段。郭德海重複王煦裔的話，腦中意外浮現過去從來不曾想過的念頭。

下一秒，他穿上外套，跳下汽車駕駛座。

14.

沒有人能想到，這棟位於交流道附近的健身房大樓樓頂，現代的建築外觀，居然隱藏了一間古色古香的神壇。

在台灣，刑警出任務前會拜關公，取其主持正義和平安。而黑道也拜關公，取其忠義精神，就連入幫會的儀式也有關公坐鎮。有趣的是，面對警方與幫派對立的兩極，卻同時膜拜同一尊神，這樣關公到底要幫誰好？虎崽心想。

據說廖慶金就在神壇恭奉著關聖帝君，神像威風凜凜持著關刀，不同一般平穩端坐的形象，代表武力的象徵。

但虎崽相信，這不僅僅代表武力，而是另一種形式的恐懼。

身為一名無神論者，王煦裔在聽完虎崽的猜想後，他看著數字逐步上升的電梯面板，心想若真有神明，那此刻真的需要一點協助。

二人不斷按壓電梯面板按鈕，依然毫無回應，最終電梯螢幕停留在最高樓層的一組數字，18樓。

叮一聲，電梯門緩緩開啓。

王眴裔和虎崽緊靠電梯兩側，緊繃著身體，心跳飛速。

他們都知道廖慶金的兇殘，若此刻出現地獄般的畫面，也不會太過意外。

眼前是一個黑暗的空間，由於目前無人使用，無法判斷室內究竟有多大，但兩側天花板，懸吊幾盞豔紅色的燈籠還亮著，一路延伸到十多公尺外的漆黑地帶。

「終於找到你們了。」有個聲音從黑暗裡傳出。

一頭烏黑長髮的苗條身影站立在敞開的電梯門前，她一手按著電梯按鈕，詭異但又不感意外的表情，正凝視著眼前電梯裡驚愕的兩人。

是阿雨。

手指按壓著電梯按鈕，是她把電梯叫了上來。

「妳怎麼會在這裡!?」王眴裔首先出聲。

「快把我嚇出尿來，天啊！還好不是廖慶金。」

虎崽白著臉，一口憋著的大氣終於能吐出。

王眴裔和虎崽快步離開電梯。

「王眴裔，我有件重要事情要告訴你。」

阿雨一臉嚴肅，她從冤伸俱樂部出來後，找了他好幾個小時，就連眞相調查研究室那間小辦公室都去過了，但都不見王眴裔的人影。最後她想起廖慶金這名角頭，猜想王眴裔應該會來找尋相關的線索，先去了GoldenOne酒吧，但遍尋不著，後來又從酒吧工作人員打聽到廖慶金也有經營健身房的線索，趁著深夜摸進大樓裡。

不亡人雖然在夜晚具有獨特的身體素質能力，要打要跑絕對狠甩普通人類好幾條街，還具備讓人類看不見的隱身能力，因此要闖進這棟重重監視器的大樓，其實也不算難事。但這種隱身的能力也非隨時可用，一般來說僅有在危機時刻，或者某些特殊情況才會搬出，一旦長時間使用，消耗的體力可是非常驚人，必須進入睡眠的狀態才能恢復，也因此阿雨過去總常打著哈欠。

不久之前，阿雨早先他們一步進入這棟大樓，逐一樓層尋找王煦裔二人的蹤影，卻發現頂樓有點古怪，從頂樓的氣窗翻進室內查看。

「重要的事？妳指的是什麼？」王煦裔疑惑說。

「有關這個連環殺人案的線索。」

「妳知道是誰幹的？」

他聽得一愣，立刻急著追問。

話剛說完，他替自己變得如此焦急，感到些許意外。

最初，王煦裔原本只是協助隊長柯憲，希望能藉助自己的能力，偵破這件難解的連環兇案。但一路下來，隨著案件不斷深入，他發現許多線索居然與過世的姊姊有關。

這起案件對他來說，已然不是單純的兇案。

「不對，我不知道是誰做的。」阿雨說話時注視著王昫裔眼睛，似乎很憂心接下來的發展，又繼續說：「說得簡單一點，我知道這名兇手，不是你這種人能對付的嫌疑犯。」

「我這種人？妳什麼意思……」

王昫裔眉頭微蹙，正想繼續發問，虎崽忽然出聲打岔。

「兩位，剛才電梯不是還在這裡嗎？」

虎崽一開口，王昫裔和阿雨同時看向電梯的樓層顯示。

此刻，這部隱蔽的電梯居然回到一樓，稍作停留，然後持續往上走。

隨著電梯逐漸升高，三人先是一陣沉默。

這時，阿雨忽然感覺到不對勁，她察覺有股危險的氣息正逐漸隨著電梯升高而來。

「先離開這裡！」阿雨大喊。

她指向房間另一頭，天花板燈籠一路延伸的最底端，那裡有兩顆模糊光點，而正中央佇立一個高大的人影。

三人拔腿就跑，幾秒鐘的時間，終於弄懂眼前是什麼。

一座巨大的神壇安放在特別挑高的大廳。

兩盞銅鑄神明燈正散發著黃光。

而正中央的巨大人影，是一尊約兩公尺高的關聖帝君神像。鮮紅如血的外觀，搭配一把高出關公許多的偃月刀，宛如一尊不容挑戰的巨大神明，睥睨看著神壇底下的凡人。

在昏黃燈光斜照之下，關公的眼神似乎像有意識般，正凝視著他們三人。

王煦裔想起虎崽說，這裡是廖慶金用來處理背骨仔的地方，看樣子不假。那些幫派裡的叛徒見此場景，膽子小的應該當場就跪跌在地，幾乎不用什麼招數，什麼話都肯說了。

而虎崽此刻眞的到了現場，也難掩驚懼之色。

王煦裔見過不少黑道幫派經營的宮廟，許多未取得合法資格，隱藏在民宅巷弄，除了製造噪音，更成爲出入複雜的治安顧慮場所。他本身也到過幾座廟偵查過，但這座神壇精細華美，遠超過他的認知，心想這角頭究竟還有多少隱藏的資產可供他揮霍，實力不容小覷。

王煦裔側臉看了阿雨一眼，不解她身爲不亡人，爲何要如此擔心，但他相信阿雨的判斷，開始搜索眼下這座神壇，是否有可供離去的通道。

他視線快速掃過一圈，除了牆壁上有阿雨翻進的安全氣窗外，神壇右後方還有個安全門。

方的神桌底下。

「走這裡——」

「來不及了。」

阿雨打斷他的話，先叫虎崽往關公神像後面藏好，那裡剛好可以容下一名成人躲藏；然後一把抓著王眗裔的手臂，身子下壓，二人趴低在地上，硬是鑽進神像前方的神桌底下。

他們還沒完全躲好，後方電梯門「叮」一聲就開了。

幸好神壇昏暗，還有點時間讓二人調整姿勢，不過角度關係，也僅僅能觀察到神桌前方一小塊地面。此處空間窄小，二人幾乎是身子緊貼著，王眗裔顯得有點尷尬不自在，阿雨也自知不妥，微紅著臉，一雙眼直盯著前方。

他們伏在地面，對方跨出電梯的腳步聲聽得很清晰，至少三人。

「交代下去，繼續找那兩個傢伙，敢來我地盤鬧事，簡直不要命。」男人兇惡地吩咐細節，手下恭敬地應了聲，又搭電梯下樓。

然後，同一名粗獷的男子，對著另一人說道：「你站在這裡等就好。」

王眗裔認出說話的是廖慶金。

他到這裡做什麼？難不成我們眞的被發現了？

廖慶金持續跨著大步往神壇移動。

王眗裔懷疑地盯著距離僅有半顆頭的阿雨，表情似乎在說：「要被發現了，還不出手？」

阿雨沒有理會他，只是伸手在嘴前比畫要他噤聲，似乎很認真思考。

就當廖慶金距離神桌僅有一步時，停止移動，接著聽見打火機的摩擦聲，一股檀香味傳來。

他是來上香的？在這個時間點？

突然間，廖慶金嘴裡似乎正在喃喃說著話。

王煦裔終於理解阿雨要他別亂動的目的。

「……關聖帝君，弟子廖慶金，這次受火憑大哥之託，弟子決意參選立委一職，希望帝君保佑，高票當選……至於雇主給予的任務……視情況進行，還望帝君成全……」廖慶金低聲唸著稟報關公的話，聲音雖輕，但一字一句都傳到躲藏在神桌底下的二人耳中，聽得他們心裡一驚。

廖慶金要選立委？

王煦裔並非第一次聽見具有黑道背景的人士參選，不過現代社會不同以往，非常講究形象包裝，而廖慶金看起來就是一副地方角頭模樣，若無有力人士推薦，實在很難從地方政壇冒出頭。看來傳言他與劉火憑市長交情匪淺，並不是隨便的江湖傳聞。

不過，他剛剛提到的雇主又是誰？

王昫裔腦筋動得快速，知道廖慶金可不是一般人，「雇主」這個詞並非指的是工作上的老闆，若眞有資格當他老闆的人，也應該是劉火憑市長，但從話語來研判，另有其人。

八成是有某種對價關係的人士，王昫裔推估。

廖慶金沉默一陣，原以爲他已結束參拜，突然又以更低的音量說話：「……弟子另有一事相求，三年前，弟子聽從大哥吩咐，槍殺一名刑警，實在萬不得已，請帝君原諒，盼亡靈早日超生，勿來干擾壞事……」

就算再兇惡的人，在神明面前也不敢逞強說謊。

卻意外在外人前，顯露擔憂脆弱的另一面。

阿雨在桌底下聽得竊笑，心想這位惡名遠播的角頭，面對鬼神還是會心虛。

忽然，她感覺身旁的王昫裔像觸電般，一陣顫抖。

阿雨回頭一看，驚訝地發現王昫裔眼睛發紅，表情僵硬，正準備起身。

「你想幹什麼！」阿雨用氣音在他耳邊唸道。

「別攔我！」

王昫裔用嘴型回說。

阿雨趕緊牢牢壓著他，不讓他起身，湊到耳邊：「別亂來，先等他離開。」

王昫裔哪能抵抗不亡人阿雨的力量，恨恨地望著廖慶金站在一公尺外的雙腳，此時此刻，他終於弄懂當年徐月承大哥出事的緣由。
他沒想到居然會在這種場合得知，完全沒有心理準備。
就在這個時候，廖慶金忽然靠到神桌旁，一隻手往桌底下伸來。
這個動作讓王昫喬和阿雨大感意外，以爲藏匿的行蹤曝光，正準備反應時，這隻手突然轉向，竟朝神桌上緣角落摸去。
二人忽然注意到，那是一個指頭大小的金屬物體，用膠帶黏貼固定在桌面底部。
廖慶金觸碰到該物體後，又把手伸了回去。
就像在確認它的存在一樣。
「好了，我們走，你等等下去之後，也去幫忙搜索，我就不信找不到那兩個傢伙！」
看來廖慶金對王昫喬和虎崽方才一陣搗亂，非常在意。
廖慶金一個俐落轉身，邊走邊說，快步朝電梯走去。
電梯門關閉。
「爲什麼要放他離開？」王昫喬漲紅著臉從桌底爬出，不悅說：「我終於弄懂是誰殺了阿月哥，如果不幫忙沒關係，但爲何要阻止我？」
阿雨不明白他說的阿月是誰，但她曉得眼前不是冒然出手的時機，說道：「你弄錯了，我指的不是那個流氓，真正有威脅的，是剛才站在電梯旁邊等候的那個人。」

「誰？」

由於視線關係，王煦裔無法看到電梯周邊的情況。

「這就是剛才我要跟你說的。」阿雨低聲道，面露憂色。「這個連環案件的兇手，真實身分是不亡人。」

王煦裔的腦袋像是挨了一拳重擊，他完全沒想到有這種可能。

15.

當排除所有不可能的因素後，儘管剩下來的有多麼不可能，也必定是眞實。

王煦裔過去曾多次在書上見到福爾摩斯這句名言，但眞正在現實案件上遇到，還是讓他腦袋有點轉不過來。

「你說這些離奇案件，兇手不是一般人？」

「沒錯，犯下這些殺人案的，是不亡人。」阿雨回說。

王煦裔不敢置信地來回踱步，在過去偵辦的案件裡，他沒碰過這種離奇的推論，幾乎已經超過他過去的認知。

「等等……如果兇手眞的是不亡人，那麼他的能力遠超過人類，爲什麼殺人的時候，要把現場刻意布置成那樣？還有那把有虎崽指紋的兇刀，爲什麼還要嫁禍給他，這不是很麻煩嗎……」

王煦裔說到這裡，頓時停住了。

他無意間回答了自己最大的疑問。

「難道，就是因爲他是不亡人，所以刻意把現場營造成一般人犯下的案件？」

對於偵查來說，見到死者被雨傘或鷹架管等物體貫穿胸膛，若先排除自殺與意外，搭配死者屍體身上發現的兇刀穿刺傷，的確很容易導出這是一起連環兇案，犯人刻意留下兇刀讓虎崽去現場撿拾，有意無意顯露的屍體加工痕跡，將會把沾有指紋的虎崽，當成最大的嫌疑犯。

面對如此明顯的事實，當然導出理所當然的結論。

人總說魔鬼藏在細節裡，但這回竟是細節裡藏有魔鬼。

但如果這一切都是刻意爲之，那麼兇手是不亡人的話，這一切當然說得過去。

「不亡人可以用他驚人的力量，直接把雨傘當成兇器，但他選擇不用，而是故意繞個彎，以凡人會用的方法殺人。」王煦裔直接把心裡的推論說了出來。

「早說我不是兇手了！」

虎崽從巨大關公神像後鑽出，興奮說道。

「不過，現在還有一個更棘手的情況。」阿雨忽然插話說：「就是剛才電梯旁邊那個人。」

「阿雨，妳說眞正有危險的是他，那人是誰？」

「剛剛沒辦法看清楚，但我很肯定一件事。」阿雨開口：「他身上一樣有不亡人的氣息。」

阿雨這番話，讓王煦裔冷靜下來。

他已經漸漸接受這一連串超自然的線索與推論，但如果阿雨的觀察沒錯，剛才如果他急著找廖慶金復仇，的確很有可能當場被這名不亡人給打倒，甚至失去性命。

他替自己因復仇而沖昏頭的情緒感到不妙，慶幸阿雨即時阻擋。

「所以，廖慶金身邊有不亡人的協助。」這個新發現困擾著王煦裔，這代表未來必須更加小心。「妳說電梯旁那個人，是不是就是海羊？」

阿雨搖搖頭，表示自己並不清楚。

而唯一見過海羊的虎崽，也因為躲在神像後方，一心只想不被他的前老大發現，更不可能探頭出來。

此時，王煦裔想起在海羊的櫃子裡，發現王暮暮的護身符，莫非自己的姊姊的過世，也與這個海羊有直接的關聯？短短幾分鐘時間，所有事件居然牽扯出王暮暮和徐月承的死，這一切宛如巧合，但背後似乎又有一隻看不見的手，默默地運作。

「先別管了，趁他們下樓，我們也趕快離開。」虎崽推開神壇旁的安全門，小心探頭觀察，沒有人在這裡埋伏，鬆了一口氣。

「等等。」

王煦裔沒有立刻跟上，反倒是走回關聖帝君巨大的神像面前，上身微微前傾。

了。」

「昫哥，都什麼時候了，要拜拜回去再說啦！」

王煦裔沒有理會他，身體簡直又快趴回地面，手在神桌內側不停摸索：「有

他小心地把纏繞在桌底的東西從膠帶撕下，攤開掌心。

一個小如拇指的銀白色金屬物體。

「隨身碟？」虎崽忍不住問：「怎麼會有人把這東西藏在神桌底下？」

由於虎崽剛才躲在神像後頭，並沒有看到廖慶金的動作。

不過王昫裔和阿雨都看得清清楚楚。

廖慶金小心翼翼的舉動，彷彿不用眼睛看，都能知道這個東西擺放的位置與角度，合理推論，是他故意藏在這個只有自己能接近的空間，並且只要有機會，他一定會確認東西是否還在這裡。

這也可以解釋，就算知道自家賭場被王煦裔和虎崽這麼一鬧，廖慶金居然沒有先在樓下安撫賭客，或者四處搜索抓人，而是直接往神壇移動，證明他把隨身碟排在賭場之前，重要性不言可喻。

「你要把它拿走嗎？」阿雨問。

「當然，或許有重要線索，但要動點小手腳。」

王昫裔觀察一下隨身碟後，用力抵著一角壓動，當場把外層金屬殼給拆開，小

心取出內部綠黑交接的儲存晶片，然後就地取材，隨手塞入周圍能取得的小紙片，確認重量差不多，又把金屬殼封好，才沒多久時間，又恢復成原本的隨身碟模樣，但僅剩一個空有外觀的殼。

俐落的手法，就連過去時常偷竊的虎崽也很好奇。

「在辦公室無聊時，上網學的。」王煦裔一笑，把重要的晶片放入口袋，然後再把隨身碟空殼依照原有位置仔細黏回。「應該還可以撐一陣子。」

方才廖慶金沒發現電梯爲何停留在十八樓已是好運，或許是由親近保全先替老大按的電梯才沒發現異狀。此時，電梯確定是不能再搭了，三人趕緊推開安全門，朝逃生梯走去。

16.

三人持續在大樓逃生梯快速移動，從十八樓的神壇到一樓的健身房大廳，得經過好幾次樓梯轉折，又必須隨時注意可能突然竄出的賭場保全，就連王煦裔也感到有點吃力。

不過，這趟路對不亡人阿雨來說，一點難度也沒有，但她沒有選擇自己先離去，而是跟在王煦裔和虎崽後方，一同行動。

要減緩妳回憶消失的症狀，他可是關鍵。

阿雨腦海不斷響起冤伸俱樂部經理威利的話。

她不解這句話的用意，只曉得從王煦裔身上，她感受到一股屬於不亡人的獨特氣息，但這能解釋什麼？過去一段時間，她來回思索了很久，依然沒有更進一步的結論。

其實最初，自己對王煦裔僅是感到好奇，並且因爲威利的關係，不得不保護對方。但方才在神桌底下那個小小的空間，她注意到一件小事，竟讓自己興起一股許久不曾感受到的情緒。

王晌裔身體素質不如阿雨，且因為被阿雨阻擋向廖慶金復仇的行動，心懷不悅之時，王晌裔仍然一手護在阿雨身前，比她往前高出半個頭。甚至在廖慶金伸手往桌底摸時，她能感受到王晌裔一把將她往後挪動的力道，這種出於自然反應想保護對方的舉動，竟讓阿雨感到一絲意外的溫暖。

當家人陸續離世後，她已經獨來獨往好幾十年了，沒有朋友，沒有夥伴，過去多年都是自己一個人行動，她不喜愛那群墮落的不亡人，也不曾流連於冤伸俱樂部的欲望享樂。

面對無窮盡的不亡人生命，說穿了是很單調乏味的。

但此刻走在這兩人後方，相處時間雖不長，竟有一絲絲夥伴的味道。

這種希望保護夥伴的情緒，讓阿雨覺得，自己比較像個普通凡人，而非不亡人。

但她並不討厭這種感覺，內心深處暖暖的。

王晌裔在最前方領頭，忽然腳步一滯。

「下面有人。」王晌裔低聲說。

果然，有三名保全正從下層的逃生梯逐層搜索。

王晌裔探頭回來，有點憂慮：「他們手上有武器，我們繞路走。」

「走去哪？這裡只有一條路而已。」虎崽不解問道，眼神飄向阿雨。「不如，讓阿雨去解決他們，上次見識過，身手比他們幾個保全好多了！」

「不妥吧，就算她比我們兩個都強，他們手上都有刀，更說不定會有槍，你當阿雨不會受傷啊。」

「那怎麼辦？不然……我們一起上？」

「感謝你們的關心，但請對我有點信心好嗎？」阿雨的表情覺得好笑，她知道王煦裔說得不錯，如果對方有槍械的話，就算是不亡人也沒那麼神通廣大可以抵擋。「不然這樣吧，你們幫我個忙。」

阿雨輕聲交待幾句，然後眨了眨眼。

三十秒過後。

下層的保全正苦惱一直沒有發現，其中一名年紀最輕的保全，恰好是不久之前和王煦裔在賭場監控室有過簡短對話的人，心裡亂得要命，要是被老大知道自己被耍，被揍一頓還算輕的。

這名年輕保全想起在公司內流傳的神壇流言，以及老大殘酷的手法，背脊就感到一股涼意。

一陣吵雜聲，從頭頂傳來。

「所以現在要怎麼做？她就這樣一聲不講的跑了喔？」

「問我怎麼知道！先找地方躲，打開這扇門看看。」

「不行，卡住了！」

年輕保全認出了王煦裔和虎崽的聲音，立刻抓緊刀子快步奔上。

果然往上爬沒幾階，立刻發現兩個年輕男子正焦慮地拉著進入大樓內的逃生門，但因爲這層是商辦用途，偶爾有些公司行號會偷偷在逃生門前擺放剛進的貨物，造成門板堵塞卡死，沒想到意外幫了自己一把。

「找到了！」

年輕保全大聲叫道。

王煦裔還在死命地開門，沒想到下方的保全來得這麼快，拉著虎崽就往樓上階梯移動。「快走快走！」

「給我站住！」

幾名保全有的持刀，也有持棍棒，兇惡地罵道，趕緊追上。

王煦裔和虎崽人數不敵，手邊也沒可供打鬥的武器，才沒跑多遠，立刻就被追到。

「還敢跑！」保全一把刀揮來，差點劈中王煦裔的右手臂，趕快抽回，刀刃在扶手欄杆砍出一道明顯的缺口。

王煦裔嚇了一跳，驚訝望著剛才手擺放的位置。

暗自慶幸自己反應快。

眼前共三名壯碩保全，幾秒鐘不到，就把下樓的路徑都給堵死。

這個時候，下方那扇一直開不了的逃生門，居然自行開啓。

阿雨探出頭來，開門的聲音很輕，幾乎沒有發出聲響，目前的位置，恰好繞過三名保全，就站在他們身後。

原來這是阿雨的提議，她故意躲藏該樓層的逃生門後，並讓王煦裔裝成打不開門的樣子，藉此製造機會閃過他們，避免了硬碰硬的風險。

其實不亡人阿雨大可用隱藏身形的能力躲過，但這樣一來得額外花費大量體力；另一方面，她自己也想試試不同以往的方法，這個些微轉變自己也覺得有點意外，甚至帶有好玩的成份。

「喂，你們別欺負人啊。」

阿雨忽然出聲，嚇得這幾名保全回頭一愣。

趁著保全回頭的短暫空檔，王煦裔迅速把年輕保全的刀械給奪下，動作俐落，一點也不生疏。

而阿雨一轉眼就制伏後方兩名保全，化解了一場可能正面衝突的危機。

幾秒鐘不到，情勢瞬間反轉。

一直頗擔心計畫是否能成功的虎崽，看著失去反擊能力的三名保全，張著嘴，顯然知道剛才自己多慮了。

大廳出口就在不遠處，虎崽一時信心大增。

位在地下賭場的監控室附近，隱藏了另一間辦公室，這裡平時沒有賭客出入，就連工作人員也盡量迴避。

廖慶金坐在專屬的辦公桌前，鐵青著臉。

他不解，不過是個曾經跟過他的小弟，再加上一個普通刑警，兩個年輕搬不上檯面的傢伙，怎麼混進賭場攪得一團亂後，還能消失在這棟大樓。

這件事要是傳了出去，豈不是隨便一個警察，都能爬到自己地盤亂搞。

角頭老大的面子要往哪擺？

派出的手下至今也無回報，他有點坐不住，想親自確認監視影帶，確定這兩人是否還沒逃出大樓，才剛起身，這時傳來敲門聲。

保全海羊走了進來。

「我知道他們在哪裡。」

海羊的話不多，但一字一句都能打在重點上。

廖慶金抬頭看了他一眼，雖然認識海羊不久，但這人低調不搶功，總是能察言觀色自己的需要，是一名很不賴的左右手，心想，說不定未來能頂上死去的罐頭或紅龍製毒的任務。

畢竟毒品利益太過龐大，弄賭場或健身房，賺錢速度還是稍嫌慢了一些，如果真能重操舊業，對自己的勢力一定有所幫助。

「好好處理。」廖慶金冷酷說道。「如果辦得好，未來還有更好康的工作等你。」

17.

王煦裔小心推開一樓的逃生門，來到健身房大廳，意外地相當安靜。

位於十多公尺外的櫃檯旁，有一條向下的樓梯，入口正站著一名穿著西裝的保全，虎崽說那裡是通往地下賭場的通道。而大廳出口，也站著兩名健身房教練，正對著前來運動的會員，進行身分查驗。

雖然大廳看起來一如往常，但從工作人員的表情，明顯感受得到緊繃的情緒。

今晚，賭場被他們這樣一鬧，不曉得得丟掉多少口袋深的熟客，廖慶金一回來就下達指令，只要抓到王煦裔和虎崽，獎金十萬。

但另一方面，老大雖然沒明講，他們也都清楚人要是沒找到，後果更是不堪設想。

就算是不屬於賭場的健身教練，也都戰戰兢兢地，特別是運動完要離場的客人，幾乎都是再三確認才肯放行。

「不太妙啊，有沒有什麼好方法？」

虎崽瞥了一眼大廳的情況，面露愁色。

「喬裝成剛運動完的會員呢？」阿雨出主意說。

「不行，他們或許不認得我，但虎崽跟他們太熟了，一眼就能看穿。」王煦裔回絕。

「還是讓我出馬吧。」阿雨看了他們兩人一眼，似乎得靠自己出手才行。「妳別看他們人少，那些樓梯旁的賭場保全身上有配槍，我猜現在大樓外面應該也站了幾個，外人不知道就算了，我每天都在這裡打滾，錯不了。」

虎崽清楚這些保全平時不會亂開槍，但今天的情況不同，如果讓他們幾人就這樣開溜，那些保全在開槍引起鄰居驚擾與被老大懲處之間，應該不難做出選擇。

「那怎麼辦？不讓我去解決他們，難道這裡還有其他條路嗎？」阿雨兩手一攤，雖然知道硬拼不是沒有風險，但她也沒這麼容易退縮。

就連一直在旁邊觀察情況的王煦裔，也感到為難，看來最後一段路，得靠阿雨強行突破。

「喂！在那邊幹什麼？沒事就出來。」

大樓門口的健身教練忽然說道。

王煦裔嚇了一跳，但隨即發現並不是在說自己，又把逃生門推開一些，發現有一名頭戴著安全帽、穿著制服外套的外送員，拿著裝有餐點的提袋，走進大廳。

王煦裔發現他的舉動不太對勁，不同以往見過的外送模式，餐點送達後迅速放下離開，只想趕著接下一筆訂單。

這人東張西望，好像是在觀察什麼。

「下樓是從這裡嗎？」外送員接近樓梯，對著身旁的賭場保全說。

保全眉頭一皺，平時他會通知賭場服務生上來領取，再把餐點送到賭場裡的客人手上，但現在底下亂七八糟，誰有空上來幫忙拿？搞不好訂餐的客人也早就趁亂跑了，只能不情願地接過來，遲疑一下，擺手要外送員快點離開，然後自己走下樓梯。

王煦裔見狀，差點笑出聲。

花了一會兒才確認自己沒有看錯，眼前的外送員是郭德海假扮的。

郭德海跟這頂安全帽和制服外套的主人拜託了很久，還把警方辦案的理由請出來，這才借到這身裝扮。

原本是想自己送餐到賭場一探究竟，瞎掰了一個理由，看能不能找到潛入賭場的王煦裔和虎崽，但眼前這個保全說什麼都不讓進，也不好硬闖。

正猶豫是否要照保全說的轉身離開，郭德海口袋裡的手機忽然震了一下。

郭德海點開螢幕，是王煦裔傳來的訊息。

「看你右邊逃生門，想辦法掩護我們出去。」

郭德海狐疑地側臉一看，發現他這名詭計多端的刑警學弟，從門縫探出半顆頭，朝他招手。

郭德海眼睛瞪大，見他們沒事，終於鬆了一口氣。

他正思考該如何繞過大廳幾名健身教練的監視，卻因爲在室內停留太久，搶先被門口那兩名教練注意到這名外送員的詭異行爲，直接走了過來。

「我不是說過，東西放了就出來，你還想幹什麼？」

「快走，不要再給我們找麻煩。」

兩名教練口氣煩躁，對郭德海揮動手臂，要他快點離開。

郭德海評估了一下環境，心想此刻也沒有再僞裝下去的必要。他這人的個性直來直往，不愛拐彎繞圈，決定假扮成外送員已算是突破慣例了。

他乾脆把刑警證件掏出。

「通通給我站好，警方辦案！」

郭德海大喝一聲，讓兩名教練爲之一愣。

「欸，不是啊，你到底是外送員還是警察？」

「對啊，你這個證件該不會是買的吧？」

教練平時沒有太多與警方交涉的經驗，看著外送員打扮的陌生男子，一臉困惑。

「是嗎？那這把手槍你覺得也是假的？」

郭德海秀出外套內側的Glock 19配槍，就算這兩人不識證件，看到槍也知道不是玩笑話。

「有人舉報，這裡有人聚賭。」郭德海話說完，眼睛朝逃生門方向，眨了兩下，接著命令道：「喂，你們兩個，身分證先拿出來。」

「長官，我們只是健身教練啊，跟我們沒關係，你不要弄錯了。」

「快點！」郭德海喝道。

兩人苦著臉，不明白今晚是走了什麼衰運，一下賭場被搞，一下又遇到莫名其妙的警察臨檢，但也只能乖乖配合。

此刻位於逃生門後的王煦裔知道機會來了，迅速推開門，彎著腰，先讓後方的二人出去，自己再偷偷對著郭德海比個大拇指表示讚賞。

每次都讓你出鋒頭，現在也該讓你知道誰是學長。郭德海心裡嘿嘿一笑。

王煦裔走著，不時回頭觀看情況，等到阿雨和虎崽都接近出口後，想提點郭德海見好就收。

竟然注意到下方樓梯處，不知何時，竟站了另一名賭場保全。

「換班？」不同於剛才幫忙拿餐點下去的人，王煦裔覺得說不上來的面熟，但又確定自己近期應該不曾見過。

賭場保全一邊走上階梯，一邊凝視著背對他的郭德海，他手裡沒有拿武器，移動的速度異常快。

王煦裔突然感到一陣驚恐，張嘴正要提醒，那個保全已經來到郭德海一步遠的位置。

郭德海此刻也感覺身後有人，才要轉頭，保全就朝他後腦揮出一拳。

他兩眼一黑，頹然倒地，發出沉悶的巨響，不知是死是活。

那兩名健身教練見到空檔，立刻逃跑散去。

「阿海！」王煦裔又驚又怒，站直身子拔腿就要前去救人。

但阿雨的動作比他更快，宛如一把蓄力釋出的彈弓，對準賭場保全衝去。

一路下來，阿雨一直克制自己的行動，除了避免不必要的風險外，有一個不爲外人知的原因。

她擔心動作太大，會引起頂樓神壇那名不亡人保全注意，更可能導致王煦裔等人的危險。

但此刻，已無再隱藏的必要。

由於方才神桌底下的角度關係無法看清保全長相，但不亡人身上的氣息可不會改變。阿雨沒有想到，對方居然會在這個時候出現。

已經接近大廳門口，剩沒幾步就可以順利離開的虎崽，心想這兩人怎麼如此拖拖拉拉，又折返回來，一看到倒地的刑警郭德海，驚訝地跑回王煦裔身旁。

穿著黑西裝的賭場保全，和白衣黑裙的阿雨，正激烈地交手。

不亡人阿雨的動作像是得到解放，那速度幾乎沒有普通人可以跟上，在空曠大廳激烈過招。

王煦裔和虎崽幾乎無法幫上忙，這是他們第一次看到阿雨沒有保留地搏鬥。

意外的是，穿西裝的賭場保全沒有一面倒地被壓制。

甚至好幾次讓阿雨頻頻後退閃躲。

等到保全動作稍停時，角度剛好面向他們三人。

虎崽終於認出對方的身分。

高瘦的身形，以及從太陽穴一路延伸到臉頰的大面積傷痕。

「就是他！他就是你要找的海羊！」

虎崽抓著自己金黃色的頭髮，驚訝地對王煦裔說道。

沒有人會懷疑阿雨的能力，但發現這名忽然殺出的保全海羊，也具有和阿雨一拼的實力時，帶來的驚訝感更讓王煦裔和虎崽不知所措。

王煦裔原以爲廖慶金只是一名具有厚實政治人脈的地方黑道，沒想到竟然還和不亡人有所勾結。

他不曉得廖慶金對不亡人的了解有多少？究竟是主動與不亡人合作，或者是被不亡人所利用？這些目前都不得而知。

王煦裔觀察海羊面對阿雨凌厲的攻勢所做出的反應，忽然得出一個結論。

「海羊就是這兩起連環案件的兇手。」他說。

王煦裔雖然年輕，同時也是一名具備偵查天賦的刑警。

只要讓他親眼見到可疑的人犯，身上的特徵自動與案件現場發現的微小細節進行排列連結。從海羊打鬥的動作來看，他的慣用手是左手，符合死者胸前的穿刺傷路徑。

況且那把從建築工地發現的兇刀，上頭的指紋有兩人的痕跡。

他知道虎崽是右撇子，而刀把上的虎崽指紋也是右手，但這只能說明兇手有特別留意這點，才趁虎崽昏迷時用他的慣用手刻意在兇刀印上指紋。

奇怪的是，上面居然也出現徐月承的指紋。

而且是左手指紋。

王煦裔從小與阿月哥玩在一塊，清楚阿月哥就是慣用左手，對照眼前海羊的動作，他知道不亡人具備常人無法理解的能力，造假欺騙指紋等證物痕跡，或許眞有能力辦到。

但爲何不亡人海羊，要僞裝徐月承的指紋進行犯案？

從破解謠言的日常作業當中，他對以假亂眞這種行爲並不陌生，但這次居然與自己身邊的人有關。王煦裔完全無法理解，爲何有人要故意毀謗一名已死刑警的名譽，更難以忍受的是，兇手打算嫁禍給自己曾經最崇拜的大哥，即使他已死去多年。

王煦裔對此感到憤慨與不解。

他一邊觀察打鬥中的二人，一邊評估倒地的郭德海，抓準空檔來到他身邊。

「阿海！醒一醒！」王煦裔搖了他的肩膀，郭德海發出艱難的聲音。

「……我怎麼在地上？」郭德海眼睛半睜，似乎很痛苦。

因爲大腦受到強烈撞擊，或許造成短暫性神智喪失的情況。

「還能走嗎？我請虎崽來幫你。」王煦裔對著躲在櫃檯旁的虎崽招手，要他盡快過來幫忙，接著又把手伸進他的外套裡，悄聲說：「借來用一下。」

警用 Glock 19 配槍沉甸的手感，過去執行任務的記憶瞬間湧上。

王煦裔熟練地拉動滑套上膛，發出清脆的聲響，心跳猛然加速。

他躲到櫃檯後方，確保身體要害有足夠掩護，兩手持槍，對準了海羊。

一開始阿雨攻勢犀利，而且毫不留情，讓海羊有些招架不住。不過時間一拉長，海羊也開始反擊，由於他身高較高，手腳也長，居然讓阿雨感到有些吃力。

但阿雨畢竟是經驗老道的不亡人，沒讓海羊佔太多優勢，二人一時間也難分勝負。

此時，王煦裔的準星對準身形飄忽的海羊移動，遲遲沒有板機。

只因爲他心中還有太多疑惑。

這名忽然殺出的不亡人，牽扯太多王暮暮和徐月承的線索。

不行，我不能在這裡殺了他。王煦裔心中浮現一個念頭。

王煦裔謹慎地掃視現場環境，很短的時間內，必須思考出該如何解決眼前的混亂。

他的視線停留在遠方一個黑暗的角落，那裡有一個閃爍中的紅點。

下一秒，計畫已在腦海成形。

18.

健身房大樓，地下一層。

廖慶金在賭場私人辦公室內，強忍想把賭場的闖入者殺死的念頭，額頭的青筋隨著強烈的脈搏跳動，他感覺自己的腦袋正隱隱作痛。

他試著想讓自己的腦袋放鬆，於是在派遣海羊去執行工作後，又把專注力移回今晚劉火憑大哥的提議。

我是未來的立委候選人，現在不要太衝動。他這麼告訴自己。

廖慶金天生的復仇欲望比一般人強烈，有仇必報的個性，讓他在江湖上無人敢來招惹。不過，現在市長給他的另一條新路，如果眞能順利當選，眼前這點悶虧，他還是能暫時吞下。

利益能讓人蒙蔽雙眼，但也是一把讓人丈量什麼事情才是最重要的尺。不過眼下這筆帳還是得算。

他期望海羊能替自己抓到這兩個搞不清楚情況的傢伙。

稍微冷靜過後，廖慶金滑開手機，發現一則幾分鐘前收到的未讀訊息。

原以爲是工作上的訊息，但一點開，簡短的幾句文字，迅速將他拉回另一個差點忽略的現實。

我想提醒一件事，如果你不敢下手，我會自己來。

但屆時，你將失去所有。

廖慶金震驚地看著手機螢幕，是雇主傳來的訊息。

他今晚想像即將攀上事業高峰的喜悅，忽然一瞬間跌落現實，或者說，必須面臨的是更詭譎的情況。

失去所有？這話是什麼意思？

他分不清楚雇主傳訊的目的，究竟是單純的提醒，或者是接到自己和市長即將合作參選的消息，因此對他先提出警告。

但可以確定的是，原本打算拖到選後，觀察自己是否真的如預期般當選的計畫，難道眞的得提前執行暗殺計畫？

廖慶金越是想靜下心來思考，越覺得不太對勁。

他雖是政壇新人，但面對人性的衝突與狡詐，他可是高手，尤其過去一直躲藏在社會黑暗處，無法正大光明的現身，更練就在危機中生存的本領，甚至從劣勢中尋求可以獲利的契機。

「如果……大哥先死的話，對我此刻的情況，是不是更有利？」

廖慶金腦海閃過這個念頭，他知道當年大哥委託自己殺害徐月承刑警的事，僅有他們兩人知情，但如果未來自己選上立委，而市長大哥又暫退政壇，在他背後當個影子操盤手，雖名義上是給自己一個好靠山，但換句話說，也是得處處看大哥臉色，更難保有一日，不會拿徐月承這件命案要脅自己。

只要大哥知道過去一起幹過的事，他不可能會真的對自己放心。

而相反的，廖慶金也無法完全信任劉火憑不會出賣他。

廖慶金得出這個結論，咧嘴一笑，他突然感謝起這名神祕雇主的提醒。

儘管此刻看起來警告的意涵較多。

廖慶金回憶起今晚和市長在包廂的談話，最後離去前，他們敲定下週會有一場正式安排他曝光的媒體記者會，並且宣布市長職務僅擔任這一屆就將結束。

或許，這是一個千載難逢的時機。

既可以提高當選機會，又能獲得雇主給的豐厚報酬。

廖慶金暗自竊喜，準備開始籌劃那天的到來。

才剛放下手機，這時，遠方警鈴大作。

媽的！又發生什麼事？

廖慶金拉開辦公室大門大喊：「外面在搞什麼啊？」

眼前的長廊陷入漆黑，僅有安全門上的指示燈，露出慘綠的光芒。

並且伴隨著強烈的消防警鈴聲，頓時讓人分不清楚方向。

幾分鐘前。

健身房一樓大廳，黑暗一瞬間降臨。

阿雨行動敏捷快速，忽然殺出，使得海羊吃了不少悶虧，但同樣都是不亡人，海羊並沒有落後太多，而且有逐漸趕上的跡象。

阿雨自己也感到非常意外，她並不認識眼前的海羊，但只要自己稍微鬆懈，對方就能找到空隙進攻，攻擊的步調就好像是受過專業的訓練，與自己多年來摸索學習的方式大不相同，差點就被海羊擊中要害，阿雨額頭居然滲出微微汗水。

海羊速度越來越快，好幾次突破阿雨的防守，就當他快摸透阿雨的行動軌跡，看準身子的落點，準備給她關鍵一擊。

「糟糕！」阿雨也意識到自己出了大破綻，想站穩卻已來不及。

此時，所有人眼前頓時一片黑暗。

海羊以為是阿雨搞的鬼，高舉的拳頭停在半空，後退幾步遠離可能從任何方向來的攻擊，愣了幾秒才發現這片突然襲來的漆黑是怎麼回事。

停電了？

有個年輕男子趁他不注意時，悄悄摸到櫃檯旁的牆邊，一雙手開啓金屬電箱面板，經過思考後，巧妙地動了點手腳。

並且又按下了室內消防栓上的警報按鈕，一時間，警鈴大作。

這男子正是王煦裔，他計畫得手後，沒有停頓，看準海羊無法分心顧及他人，在腦海中先記住阿雨最後的位置，然後以最快的速度奔跑過去，抓住阿雨的手就往出口移動。

幾秒鐘前，王煦裔再三猶豫後，他決定先把同行夥伴的安全先顧好，自己再來想辦法從海羊身上得到線索。除此之外，他也交代虎崽趁著黑暗，先找個隱蔽處躲好，利用時機盡快協助負傷的郭德海逃出大樓。

在黑暗中，阿雨身子被他拉得一傾，重心偏移，差點跌倒。

「快跟我走。」在警鈴聲的掩護下，王煦裔悄聲在阿雨耳邊說。

「你不要命了……」

不亡人間的激烈交手，沒有鬆懈收力的餘地，普通人近身被打到，恐怕直接去掉半條命。

阿雨不知道王煦裔爲何要冒險來救她，但她清楚若不是被王煦裔這樣一鬧，剛剛海羊那拳直接落在她身上，後果不堪設想。

在黑暗降臨後，健身房內部與大樓其他樓層，尚有一些晚歸的群眾，傳來一陣驚呼，混亂聲此起彼落。

「你關掉整棟大樓的電燈？」阿雨訝異地說。

「這還算小意思。」

王昫裔原本還想說之前出任務時，曾幹過更誇張的舉動，但想想此刻不宜多談，只能簡單回覆，拉著阿雨對準記憶中大樓的出口移動。

就當他們轉過大廳，看到外頭路邊的街燈時，距離已出口不遠。

忽然，前方的玻璃門爆出一陣玻璃碎屑。

一個蜘蛛網狀的彈孔出現在距離王昫裔前方一公尺的位置。

幾乎是同時，玻璃門又映出另一道火光。

然後又是更近的玻璃爆裂。

「快躲！」

王昫裔本能地尋找掩蔽物，不管阿雨是否在意，強行抓緊阿雨的衣角，讓她躲在一處較安全的角落，然後舉起手上的配槍，朝身後的火光處回擊。

強烈又熟悉的後座力，讓王昫裔心跳猛烈加速。

他沒想到對方居然開槍攻擊，激烈的交戰讓他以為身處過去受訓時的極端惡劣情況中。

彈。

「阿雨，妳沒事吧？」

「還好。」她的語氣聽起來也有些吃力：「剛剛差點就打中你了。」

阿雨指著一個位於他倆之間的彈孔，角度只要再偏一點，就是他們其中一人中

「不是。」

「海羊開的槍？」

阿雨定睛一看，透過微弱的安全指示燈，發現開槍的是那名原本在賭場樓梯旁的保全，帶著一群人衝上來大廳，看見王煦裔後，拔槍就射，幾乎沒有太多猶豫。

這時，在黑暗大廳的逃生指示燈下方，王煦裔又看到兩個模糊的人影是虎崽和郭德海。

他們正小心地沿著裝飾矮牆移動，郭德海因負傷，動作有些緩慢。

王煦裔見狀，立刻持槍對準那群保全方向，又開了三槍，水泥牆炸出灰白色的煙塵，逼得持槍保全躲在牆邊暫時不敢探頭。

「你們先離開，快點！」他等待二人移動到附近後，讓阿雨護送他們先走，畢竟不亡人面對槍械也是毫無辦法，此刻只剩他有足夠的技巧和知識，運用手裡的武器掩護他們離開。

阿雨似乎有些不情願，神情猶疑，她只好湊到王煦裔耳邊，說了幾句話，但賭

場保全這時又朝他們方向開了幾槍，頓時槍聲大作，如雷聲般硬是把阿雨的話截得有一句沒一句。

她的話讓王煦裔聽得一愣，但這時情況又覺得太過危險，立刻伸手輕推阿雨快走，否則子彈不長眼，就算是不亡人吃子彈，也得當下斃命。

阿雨勸不動王煦裔，只好聽從他的指示，先帶另外兩人離開，留下王煦裔一人。

王煦裔沒了後顧，一面觀察對方的動作，一面尋找海羊的身影。

「奇怪，人呢？」

王煦裔不停掃視大廳，就是沒看見剛才跟阿雨搏鬥的海羊。

他隱約覺得不對勁，持槍躲在掩蔽物後，繼續搜索著這名突然出現又接著消失的不亡人。

不知道過了多久，就連那幾名持槍保全都耐不住性子，想探頭出來觀察情況，接著又被王煦裔開槍擊中身體邊緣的水泥牆。精準又刻意不傷人的槍法，逼得這群賭場保全直跳腳。

直到牆邊出現紅藍相互交錯的閃燈光束。

王煦裔知道警方趕到了，他才不情願地退開掩蔽物，快步朝出口離去。

報。

首先跳下警車的，是隊長柯憲。

他穿著防彈背心，一手持槍，氣沖沖地站在郭德海和虎崽旁，聽著郭德海的回報。

隊長早知道今晚他們三人的行動，因為用上了王昫裔和虎崽非現任刑警的人士，也不好大張旗鼓。本以為只是單純進去探探情報，沒想到居然演變成槍戰，幸好自己不放心，也在附近開車繞呀繞，直到接到郭德海的電話，立刻驅車過來協助，順便把整個隊裡還有執勤的同仁都給叫了出來。

三台警車和一台私家車，再加上因為槍聲報案而來的分局警員，一時間把大樓外塞得水洩不通，幾名持槍員警守在大樓外，準備聽命令，進入大樓逮人。

王昫裔看到柯憲，緊繃整晚的身體終於能稍微放鬆。

「都沒事吧？」柯憲關切地詢問。

「我沒事，阿海受了點傷，需要去醫院檢查。」王昫裔簡短回報了情況。

「又搞成這樣，最好是有收獲，不然很難跟上面交代。」

「當然有……」王昫裔就要開口，說明這兩起連環命案，不亡人海羊的嫌疑最大，但還沒出口，又把話吞了回去。

我該怎麼跟隊長解釋不亡人的存在？王昫裔有點困擾。

「幹嘛話說一半？」

「沒什麼，太久沒碰到這種混戰了。」他又說：「廖慶金身邊有個保全，叫海羊，我猜他就是兇手。」

「好怪的名字。」柯憲眉頭一皺，沒聽過這號人物，但還是在筆記本上先記錄。「阿海去醫院，你們兩個，先回去辦公室休息，剩下來我處理。」

兩個？

王煦裔趕緊四下張望，但不知爲何，出大樓後早已不見阿雨。

他心想阿雨應該爲了隱藏身分，所以先走一步。

正要叫虎崽一同離開時，發現他眼睛放大盯著自己。

「煦哥，你受傷了！」虎崽驚訝地指著他。

「受傷？沒有吧——」王煦裔一臉困惑，身上雖然酸痛，但沒有太過強烈的痛處，卻發現自己的左手，染上了鮮紅的血跡。「怎麼會……」

王煦裔腦袋飛轉。

想起剛才曾用左手拉了阿雨一把，溫熱的觸感，以爲是因爲激烈搏鬥留下的汗水。

「難道她……」

王煦裔緊張地四處張望，想盡快尋找阿雨的人影。

但周圍除了警員，就沒有其他人，頓時一陣不安。

忽然間，他感受到一道冰冷的視線從遠方投來。

猛然抬頭，在對街大樓屋頂，發現有個高瘦的男人正低頭望向他。

王煦裔渾身僵硬，無法動彈。

居然是海羊。

此刻這名未知不亡人，毫髮無傷的模樣，攙扶著另一名昏迷的白衣女子。

距離頗遠，海羊的輪廓表情皆很模糊。

但也因爲如此，王煦裔有種眼熟的錯覺，他彷彿見過這名不亡人。

幾秒鐘後，海羊和阿雨身影融入昏暗的夜色。

當他用力眨眼睛想再看清楚，卻發現二人早已不在。

剛才景象宛如一場幻覺。

而不久前阿雨在他耳邊的低語，依稀迴盪在他腦海中。

「……別相信任何人，尤其是不亡人。」

19.

眞相調查研究室，徹夜亮著燈。

王煦裔儘管身體疲憊，一想到阿雨的安危，沉重的眼皮就忍不住張開，腦中思緒流轉，無奈他對不亡人的了解還是太少，可用的線索幾乎無法拼湊得出有用的資訊，直到自己體力堅持不住才在辦公椅上睡去。

王煦裔本來不是多夢的人，但在夢中，竟見到了一個模糊幻影。

他彷彿回到了小學時期，前方有座黃橙色的天公爐，一位纖細少女正手持焚香，口中唸唸有詞，虔誠地膜拜。王煦裔一下便認出這是自己的姊姊王暮暮，這個畫面他很眼熟，就像幼時常跟著姊姊來廟裡參拜一樣。他想上前看得更清楚，卻發現王暮暮突然回頭，對著自己方向溫柔一笑。

王煦裔心情激動，想上前說話，但下一秒竟發現姊姊並非看著自己，而是另一名高大挺拔的年輕男子，恰好從王煦裔身後走來。

這男子竟是徐月承。

王煦裔不敢置信，他不知道自己有多久沒見到兩位了，也忘記自己也早就長大成人，他想過去抱抱他們、觸摸他們，想跟二人分享他們離開後，自己碰到的任何事情，就像小時候那樣。

但只要王昫裔腳步一動，二人的身形就像一陣霧，隨著逐漸靠近而緩慢消散，他急得不知該如何是好。忽然間，場景一換，王昫裔身處一處高樓頂樓，王暮暮和徐月承早已消失，正當他設法弄清楚自己在何處時，他聽見大樓底下傳來一陣重物摔落的巨響，接著是街道傳來的尖叫聲。

王昫裔的情緒頓時一沉，他終於明白這裡是哪裡，又回到了王暮暮當年跳樓自殺的位置。

顫抖地來到頂樓邊緣，朝下望去……

沒見到王暮暮，地上也沒有血跡，在街頭慌亂圍觀的人群裡，發現有位六十來歲的精悍灰鬍子老者，佇立在其中，人群以他爲中心繞成一個圈，抬頭與王昫裔四目交接。

「王昫裔……」對方忽然開口，王昫裔渾身像觸電般，覺得自己曾見過這老人，但又想不起這人是誰。想再看，整個身軀宛如墜入深淵。

醒來之時，王昫裔發現自己還在眞相調查研究室裡，臉頰都是汗水，已經是闖進地下賭場的隔日中午。

電腦螢幕上貼了張黃色便條紙，桌上放了個雞腿便當，是虎崽留的，表示他先去外頭走走，昨天一場惡戰差點嚇死他，出去外面晃晃透氣，晚點就會回來。

整間辦公室寂靜無聲，王煦喬靠回辦公椅，腦袋嗡嗡作響，不明白那個詭異的夢是否有任何意義？

「先別胡思亂想了，阿雨還在對方手裡。」王煦喬雙手揉了揉太陽穴，又起身去洗了把臉，強迫自己進入工作的狀態。

這時，腦中又響起阿雨最後離開大樓前，在他耳邊說的話。

雖然當下槍聲四起，但有句話他聽得清楚。

「……別相信任何人，尤其是不亡人。」

「什麼意思啊……她自己不就是不亡人嗎？哪有人要別人不要信任自己的道理？」

王煦喬左思右想，還是覺得這句話很怪異，但就他對阿雨的理解，應該不是會亂講話的人，特別在這種危急時刻，講的都是重要的事，想必這句話阿雨應該是憋了一整晚，直到最後才不得不說。

面對遲遲無法參透的事物，王煦喬習慣先轉移注意，他本來就不是糾結的人，此刻他需要把緊繃的思緒放鬆，將僅存的線索勾勒出輪廓，才能理出尋找阿雨的解方。

王煦喬打開電視製造點聲音，一邊低頭吃著便當。

新聞播著不甚重要的消息。

忽然間，主播唸到一則來自昨天台中市區的一場深夜槍戰，王眗裔瞇著眼，終於抬頭望著電視。

新聞畫面是健身房大樓外頭沒錯，但整起報導卻隻字未提角頭廖慶金的名字，也沒說到大樓底下隱藏地下賭場，僅以「夜歸群眾在健身房外酒後發生爭執因此聚眾開槍」方向報導。

新聞還沒播畢，王眗裔嘆了口氣，就已猜到了大概。

八成又是高層的政治力介入的因素，大事化小，只要不是當場逮捕，就算是廖慶金在他面前殺人放火，也能掩蓋過去。

對於大眾來說，沒能曝光上媒體的事情，就等於沒發生過一樣。

不過就算上了媒體也僅能維持一陣子的熱度，如同綠川和逢甲兩件連環兇殺案，民眾淡忘的速度比預期來得快。這陣子沒有其他命案傳出，就連事發地附近也恢復了人潮，王眗裔並不意外這種情形，但這種片刻的安寧，反倒讓他更爲憂心。

不過說到廖慶金，王眗裔忽然想起什麼，他放下便當，從口袋摸出一個指甲片大小的物體。是昨晚在頂樓神壇桌下，偷偷取出的儲存晶片。

他從抽屜拿出另一個隨身碟，依照昨晚的方式，幾分鐘的時間便把晶片替換到另一個隨身碟上頭，插入桌前的主機。

「我來看看你究竟藏了什麼東西，這麼神祕。」

王煦裔進入隨身碟畫面，點進去後僅有一個資料夾。

「筱樂？」

王煦裔不自主地唸出資料夾的命名，心中疑惑怎會有看起來像女生的名字，這難道是廖慶金在外包養的小三照片？如果真是如此，那自己費了那麼多精神在這隨身碟上，可真是糗大了。

滑鼠左鍵連點兩下。

果真出現許多照片，不過當他瀏覽一陣後，便發覺這不是什麼情人。是一名六歲左右的可愛女童，正在市區公園遊玩的記錄生活照，還可見到幾張廖慶金入鏡的照片，神情不同過去殺氣騰騰、市儈又心機的模樣，表情線條柔和許多。

這名叫筱樂的女童應是廖慶金的女兒。除此之外，王煦裔也辨認出筱樂手上那條細細的靜脈留置針，那是用來靜脈輸液療程用的，還有幾張照片內的景物，拍攝到鄰近的兒童醫院建物與病房內部，看來是在女童住院期間拍攝的。

王煦裔觀察力敏銳，心中約略有個眉目。

他知道許多天生罹患罕見疾病的幼童，必須負擔費用高昂的治療藥劑與手術，依據照片裡偶爾出現的治療紀錄，想必這名叫筱樂的女童也是如此。雖然廖慶金在外凶惡異常，但面對自己的骨肉，關愛憂慮的神情依然與一般的成年男性無異。

王煦裔好奇地進入照片資訊頁面查看，拍攝日期距今約三年多了，也不知他女兒是否復原良好？王煦裔持續瀏覽著照片，忽然間，發現最底層有另一個資料夾，他點進去，是一個影片檔。

從預覽畫面來看，看起來像是普通的自拍畫面，而廖慶金在病房講手機，表情凝結，一臉詭譎異樣，身旁正坐著沉睡中的女兒。王煦裔沒多想，點開就要看，一個視窗登時彈跳而出。

「請輸入密碼：」

「搞什麼！」王煦裔壓著額頭，沒想到居然會在播放影片前，安裝上了密碼功能，共八個空格各代表一個字元，他猶豫了一下，視線飄到影片檔名：20180427。看起來就像這影片的拍攝日期，王煦裔心裡雖然疑惑，但一數也剛好是八個數字。

「管他的，先試試吧。」王煦裔手指放在鍵盤上，迅速敲下：20180427。

「密碼錯誤，尚有二次機會。」

王煦裔「哎呀」叫出聲，雖知道不會這麼順利，但萬萬沒想到居然還有輸入次數限制，他抓了抓頭髮，知道不能再胡亂嘗試。不過，王煦裔也弄明白一件事，廖慶金會將這個檔案特別擇地藏匿，一定具有某種意義。現今網路可存放檔案的線上空間多不勝數，但他沒有這樣做，想必是有其他保密的考量。

當他弄明白這層道理後，不急著破解，開始審慎地推敲觀察資料夾內的檔案，正當他開啓其他照片，發現有幾張照片內的餐食擺設，跟影片預覽的場景畫面差不多，他推估照片與影片應是同一時間所攝，於是點開其餘照片的資訊欄查看，發現拍攝日期是20180326。

「不對吧。」王煦裔又跳回被上鎖的加密影片檔。「如果影片也是三月二十六號拍的，爲什麼影片名稱要改成20180427，這不符常理啊。」

的確，一般人在命名檔案時，除了別具意義的名稱外，通常像這類由西元紀年與月日的組合數字，若不是電腦自動命名，就是使用者爲了避免遺忘拍攝日而刻意修改，但像這類修改成不相干的數字，間隔快一個月，除非輸入錯誤，要不然就是刻意爲之，另有意涵。

王煦裔再三斟酌後，爲求謹慎，他決定打了通電話給在新聞台擔任副主任的錢建智。像他這種大記者，別的沒有，人脈最多，於是請對方協助調查三年多前，有沒有一名叫廖筱樂的女童住院過，另外也給了他20180427這組數字。

約略一個小時之後，王煦裔手機立刻接到來電。

『喂，大刑警，我說你是怎麼知道這個數字的？』手機另一頭錢建智聽起來有點異樣。

「怎麼了？」

『廖筱樂的確就是角頭廖慶金的女兒，但她在三年前的四月二十七日深夜，病死在醫院，急救無效。』

王煦裔沒想到會是這樣的情況，爲之一愣。

死亡的日期，恰好就是20180427。

短暫通話結束後，就算死者是廖慶金的小孩，王煦裔聽到這種不幸消息，心裡也是興起一股微微的酸楚。

在發現隨身碟檔案之後的幾天裡，王煦裔沒有持續嘗試輸入密碼，由於僅剩兩次的機會，他還請了偵查隊中熟悉資訊安全的同仁協助，但將近一週的時間過去了，依然沒有太多進展。

而阿雨和海羊仍舊下落不明，就如同這兩起連環兇殺案，陷入了無限的膠著，表面平靜，實則不曉得背後還在醞釀何種計謀，只要海羊一天逍遙法外，王煦裔就無法放鬆。

除此之外，還有一件政壇大事正在發生，廖慶金真的如當晚在神壇前說的，他宣布參加台中立委補選，並且在劉火憑市長的吆喝站台下，搖身一變成為地方默默行善的重要實業家，市長還一一細數廖慶金對地方的貢獻，以及默默捐獻不欲人知的善舉。劉火憑市長並宣布因為身體因素將不再參選下一屆市長選舉，希望選民能全力支持這位政壇新人，只要有他在立法院，就如同自己也還在政壇一樣。此話一出，論聲量與氣勢，簡直沒有其他候選人可與之爭鋒。外界幾乎就把廖慶金當成半個當選人般吹捧，甚至已有些手腳快的公司董事，已經設法與廖慶金接觸，餐會邀約不斷。

這些變化王煦裔看在眼底，想設法擊破這場政界聯合營造出的公關假象，無奈不管是過去製毒廠或者地下賭場等勾當，都缺了那麼關鍵一塊的證據。

就在一個看似普通的星期三傍晚，王煦裔提早結束例行的眞相調查工作，近期網路流言不多，沒有特別需要查證的謠言。他坐在辦公室裡正想著手調查阿雨的下落，心想一陣子沒去土地公廟走走，說不定會有什麼阿雨遺留的線索。才剛起身，遠方偵一隊所屬的辦公大樓方向，忽然傳來猛烈的騷動，就連王煦裔在眞相調查研究室都能感受到一股不尋常的氣氛正在蔓延。

辦公大樓中庭一名中年男子快步跑過，沒有經過王煦裔辦公室，逕自飛奔而去，急促的模樣十分少見。

那男人的背影王煦裔再熟悉不過，是偵一隊隊長柯憲，過去從來沒見過隊長如此驚慌，柯憲就連招呼也不打，直接衝向門外，拿著手機激動地討論，看似發生了不得了的大事。

面對如此變化，原本個性隨性不拘的王煦裔，不免也緊張起來，知道外界一定發生了什麼巨大的事件，但牆上新聞依舊如常，想必這回警方比媒體更加快速掌握消息。

又或許，消息影響層面太廣，就連媒體也暫且觀望。

「碰」的一聲從眞相調查研究室的大門傳來，一名年輕刑警喘著氣，凝重神情壓不住驚慌，一進門就朝王煦裔大喊。

「煦裔！出大事了，你快跟我們走！」

剛出院沒多久的郭德海，傷勢已經沒有大礙，但不知道是太過緊張還是身體仍未痊癒，此刻額頭臉頰都是冷汗。

「阿海，你先說清楚一點，到底是發生什麼事？」

王煦裔原本公事包就已收拾得差不多，準備前往土地公廟尋找阿雨的線索，站起身把辦公室燈一關，就要踏出眞相調查研究室。

「兇殺案又出現了！」郭德海稍微一頓，壓低音量，艱難地說：「這次的受害者是……劉市長。」

王眴裔半個身子踏出辦公室外，猛然停住腳步，轉頭看郭德海，眼珠瞪大，像在確認對方是否口誤。「劉火憑？這……怎麼可能！」

但從郭德海的表情，王眴裔知道這不是在開玩笑，他早有預感一日沒抓到嫌犯，後續仍會有命案持續發生，只是沒想到，這次的被害者居然是市長。

王眴裔聽見自己壓抑不住的狂烈心跳，在耳邊如鼓聲般敲擊，久久不散。

20.

夕陽西沉，萬物入夜，月光尚未升起的那一刻，人群視線最爲模糊，許多意外也容易於此刻發生。

狂風從一側山坡捲過另一頭，就連大肚山坡的相思林木也隨著強風搖晃，在陰暗的森林裡發出詭譎的摩擦聲。

位於舊時台中市、台中縣，以及彰化縣三地的交界處，有一處可俯瞰台中市區與彰化平原的高地，名爲望高寮。這裡有數座日軍於二次大戰興建的碉堡，當年爲了反美軍登陸用，隨著時代演變，已成了文化局登記的歷史建築，又被稱作東海古堡。

由於東海古堡位置偏僻，發生過多起殺人與棄屍事件，再加上有許多膽子大的民眾前往封閉碉堡內探險，意外頻傳，各種靈異傳言不脛而走，多年來成爲治安死角。而警方甚至在附近設立派出所，目的是改善當地的治安問題，隨著景觀台等設施陸續完工，近年也成爲當地知名觀賞夜景去處。

直到今晚發生了這件兇案，再度喚起王煦裔對望高寮的各種神祕古怪印象。

案發地是一間位於鄰近山坡的歇業景觀咖啡廳，遠眺還可見幾座圓弧的碉堡掩體，警方已經在咖啡廳外頭，纏繞起重重黃色封鎖線。

現場還沒有媒體記者趕到，卻已經聚集二十來位員警，來回蒐證的警察表情嚴肅，空氣中好似瀰漫著一股無形的窒悶感，無論山風怎麼吹都帶不走。

王煦裔和郭德海剛停好車，那風中竟帶有一絲血腥，從味道研判，應該是從景觀咖啡廳後方樹林傳來。

負責外圍看守的年輕員警似乎是臨時從派出所調派來支援的，搞不清楚封鎖線內發生的細節，只接到命令任何閒雜人等都不可以靠近，包括與偵辦無關的警察同仁。此時，他見到郭德海身後的王煦裔，認出這名曾被稱作怪物新人的前刑警，雖不知道他離職的原委，但在現場看見王煦裔的出現仍感到意外，不知道該不該放行。

「偵一隊。」郭德海朝他亮出識別證，又瞥了王煦裔一眼。「這位也是自己人。」

「我知道，但今天……」年輕員警面露難色，一瞬間有點不知所措。

「不方便嗎？」郭德海說。

「也不是，只是上面特別交代，情況有點特殊……也不知道裡面死者是誰，沒見過這麼大的陣仗，學長，你該不會已經知道了吧？」

「當然，就是知道，才帶他一起來。」

郭德海說得斬釘截鐵，不容懷疑。

「是是是，那我先通報一下。」年輕員警沒想到是這樣，但轉念想想，過去就曾聽過王煦裔的名字，作風偶有爭議，雖然都是同一輩的年輕員警，每次都能偵破大案，也是自己仰慕的目標，心頭一熱，立刻舉起無線電幫忙通報。

『叫他們快進來，還等什麼！』無線電傳來柯憲焦急回應，看樣子隊長早就在裡頭了。

王煦裔朝對方感激地點了點頭，彎腰立刻鑽進封鎖線內。

另一層封鎖是在咖啡廳建築正後方，有一塊木棧道搭成的空地，周圍都是雜木林，儼然就是一處戶外用餐區，但因爲店已經歇業一陣，棧道上都是落葉，顯得有些破敗凌亂。

柯憲鐵青著臉，雙手抱胸站在外圍，他想拿菸出來抽，但曉得這有違現場蒐證的規範，只好乾夾著菸，焦慮地在手指間抖動。

王煦裔還注意到另一位看起來約四十歲的男子，身材健壯，但一臉頹敗沮喪，好像心裡正承受著巨大的衝擊。王煦裔心想這應該不是家屬，但又覺得他有點面熟，似乎在電視上曾見過。

「他叫吳峻卿，是市長的隨扈之一，聽說是第一位發現市長遇害的人，也是他先通報的，就那麼剛好也是個警察，所以才沒讓媒體先知道。不過發生這麼大的事，我想也瞞不了太久。」郭德海在旁邊小聲地說。

「難怪我覺得這麼眼熟，但他今天既然沒執勤，怎麼會這麼剛好出現在這裡？這不是一般人會來的地方吧。」王煦裔幾句話點出疑問。

「你怎麼知道？」

「還不簡單，他穿著運動長褲，身上衣物輕便，也沒配槍，若他老闆是市長，執勤時怎麼會穿成這樣？一看就是還在休假。」王煦裔簡單回答，就把對方身上可得的線索陳述完畢，稍微一頓又說：「只是他放假出現在這裡，又剛好是市長隨扈，這點倒是很可疑。」

王煦裔過去辦案時，是依靠現場搜集到的蛛絲馬跡進行推論，強大的聯想能力，總是能把各種看似無關的線索串接在一塊，說好聽是偵辦能力強，但碰上推理中關鍵缺失的空白部分，他死活非得找出不可，再加上不按牌理出牌的個性，常弄得旁人頗有微辭。他才剛抵達現場，就對同樣是員警的吳峻卿起懷疑，幸好郭德海與他共事已久，了解他的個性，並非有惡意。

只是王煦裔最後一句話說得有點大聲，吳峻卿也忍不住抬頭看過來，嘴巴想說些什麼，但又噤了回去，默默轉頭看向黃色封鎖線，目光閃爍，不發一語。

「緊來啦！煦裔，阿海，你們有沒有看出什麼頭緒？」

柯憲發現他們兩人抵達現場，立刻靠過來。

王煦裔冷靜看著眼前的景象，稍早得知消息時慌亂的情緒已被理智壓下，此刻只能專心面對眼前的情況，視線朝前方望去。

在木棧道構築成的空地，周圍架起了照明燈，中央有個穿著淺灰西裝的男人，在桌椅旁仰躺在地，胸前有大片血跡，而雙腳呈現半跪姿的彎曲姿態，一頭整齊的瀏海已散亂，但從輪廓還是可以辨別，這具失去生命的遺體，曾經是這座城市的大家長，劉火憑市長。

「又是胸前致命傷？看樣子八成是那個連環殺手幹的！」郭德海氣憤地說道。「這海羊打傷我就算了，居然連市長都下得了手，我看還有什麼人他不敢殺的，簡直沒天理！」

「我已經請人去追你們上次查到的海羊，但很奇怪，上次健身房那件槍戰後，海羊就沒出現在賭場，我看廖慶金這幾次出入，身旁也沒有這人。」柯憲抓了抓鬍子說。

「哼，應該是知道傷了我，怕被我抓，不曉得跑去哪裡躲了。」

柯憲和郭德海兩人一人一句，交換起海羊的線索，但由於他們兩人都尚不清楚不亡人的典故，王煦裔也只能在旁靜靜地聽著。

王煦裔凝視現場一陣子，接著又看了不遠處的吳峻卿一眼，視線落在這名隨扈的雙手。

「你有什麼疑問，儘管去問。」柯憲擺了擺手，似乎看穿王煦喬的想法，提前一步說道。話才剛說完，隊長無線電又傳來訊息，警局高層等人陸續趕到現場關切，發生這種重大刑案，氣氛皆很凝重，處理不好非常容易引起政治風暴。柯憲吩咐郭德海留下，一轉身就趕過去報告目前的發現。

王煦喬靠近封鎖線邊緣，站到吳峻卿身旁與之並肩。

「你會懷疑我是很正常的。」

吳峻卿率先開口，聲音微微沙啞。

「我只是覺得隨扈休假還出現在這裡，很不尋常，但我沒說你殺人。」王煦喬指了指對方的手。

「我的手有問題嗎？」

「你剛剛幫市長做心肺復甦對吧？如果是兇手，理論上應該行兇後盡快逃離比較合理。」

王煦喬瞥了他雙手一眼，雖然已經擦試過，但還可以從右手掌根發現血跡，而左手僅有指尖的位置也有點殘留，這是因爲執行壓胸時，雙手交疊緊扣下壓時沾染上的痕跡。

但從血液的凝固情況判斷，吳峻卿在施作急救當下，多少就能發現市長早已死亡一陣子了，因此施作的時間應該沒有太長，否則胸前有傷口，沾染上的血量應該更多才對。

吳峻卿不敢置信地望著手心，他沒想到光憑這點，王煦裔就能猜想到剛才他做的舉動，默默點了點頭。

「但這不能解釋，你爲何出現在這裡。」王煦裔眼神敏銳，還沒弄清楚這點前，他沒打算輕易下結論。不過，滿地散亂的落葉，帶著血液噴濺，雖然現場凌亂不堪，還是可以發現靠近市長腳邊那一大塊位置，是空白乾淨的。這有一種可能，即是市長是被人近距離殺死，而該區塊卻未見殘血，證明攻擊者正站在那個位置，擋住部分噴濺血液。

王煦裔快速瞥了一眼吳峻卿的褲管，除了膝蓋與鞋底有點泥沙殘留，看起來並沒有太過可疑的血跡。

「是市長傳訊息給我，要我傍晚來這裡接他，如果不信的話，手機拿去，這是我和市長的對話。」吳峻卿把手機點開，對話內容如他所說。

郭德海也接過來看了幾眼，點了點頭。「我會去查證這個訊息，沒問題吧？」

「當然。」吳峻卿說。

「不過市長沒事跑來這種地方做什麼？而且他如果要你來載，不就代表自己沒開車，除非市長搭公車過來，否則他是怎麼抵達這裡的？」

郭德海一邊在紙本上記錄一邊說。

「這倒是一個好問題。」王昫裔經他這麼一提，忽然想起什麼。「市長遇害的時候，他是什麼姿勢？」

「跟你們之前在追的案子很像，姿勢都是呈半跪姿，面朝樹林的方向，我當時以爲市長還有救，所以平放他在地上準備急救，一摸到他，才知道他早就過世了。」吳峻卿開口說。

王昫裔眉頭一緊，心想難道眞的又是海羊幹的案件？綠川兇案、逢甲兇案，再加上今天這起，這中間好似有某種明顯的關連，但順著吳峻卿給的線索，市長死時看向漆黑一片的樹林，他抓了抓方位，直覺又感到不太對勁，思緒中有某種東西卡住，就像一個咬合不順的齒輪。

「現場有發現大量現金嗎？」王昫裔轉頭問郭德海。「就像之前那兩件一樣。」

「等我一下……還眞的有！」郭德海看了一眼隊長留給他的現場資料明細。

「不過這次金額少了許多。」

「多少？」

「清點下來，只有三十萬左右，但上次逢甲那件，現場放了一百萬。」

「居然少了這麼多……」

「怎麼了？你該不會懷疑有人偷拿吧？」郭德海壓低音量，輕聲問：「這個吳峻卿我有點了解，應該不致於幹這種事。」

「我可沒這樣說。」

王晌裔白了郭德海一眼。

就在他們幾人還在仔細探究案情時，最外層靠近馬路的封鎖線，傳來陣陣腳步聲，從聲音判斷，人數不少。

一群穿著西裝的男人跨步進入封鎖線內，王煦裔轉頭一看，認出幾名警界的高官，不僅如此，就連市議會有些消息靈通的議員也跟過來，看來市長遇害的消息，沒多久就會傳得滿城風雨。

「大哥！」一位男人吼叫聲倏地從後方傳來，幾名議員聽見紛紛回頭。

「先生……這裡是管制區，你不能進入。」外圍負責看管的員警出聲提醒。

「滾開！我大哥死了，你們這麼多警察還站在這裡幹什麼？還不快點去抓人！」

這句話就連現場其他高階警官也一併罵了進去，不知是有意還無意，現場一陣尷尬，卻也無人出聲制止，或許是礙於近期對方如日中天的聲量，以及傳言他與市長的好交情。

王煦裔覺得聲音耳熟，從牆邊探出頭來。

眼看廖慶金在封鎖線外，一張方臉上盡是淚痕。

21.

市長遇害過世，消息猶如一顆即將引爆的定時炸彈。

雖然廖慶金遲早會知情，但他此時突然現身，還是讓王昫裔感到一陣錯愕，心想前些日子營救虎崽時差點被他偷襲，以及闖入賭場的一連串驚險遭遇，好幾次差點都栽在這個狡猾的角頭身上。

他和郭德海對視一眼，決定暫且不主動出聲，觀察廖慶金到底想做什麼。

廖慶金在其中一位高階警官的允許之下，進入管制區，才靠近木棧道周邊的內層封鎖線，市長冰冷的遺體還仰躺在中心，只以簡單的遮蔽物覆蓋，避免暴露在外。

廖慶金跪伏在線外，突然嚎哭起來。

「火憑大哥！你怎麼說走就走！咱們相識這麼多年，不是說要跟兄弟一起打拼，替大夥拼出更好的未來？你甘忘記還有那麼多支持你的好朋友了嗎？嗚嗚……是我對不起你，來得太晚，你才會遇到這種事，但放心，我一定會找到殺害你的兇手！大哥你就不要有罣礙，一路好走……」

廖慶金每字每句說得鏗鏘有力，一下要替劉火憑報仇，一下又哭得一把鼻涕一把眼淚，至情至性的內容，在場所有人無不替市長感到惋惜，同時也印證市長和廖慶金的交情果真不同尋常人。

這番言論打動現場不少人，甚至有個比較機警的議員，還蹲到廖慶金身旁好聲安撫，不時穿插幾句要這些警察盡快查個水落石出。唯獨王煦裔躲在牆後，眼神尖銳靜靜地觀察，只覺得這人開始選舉後，口才變得更加伶俐，人前人後落差挺大的。

廖慶金哭喪著臉，抬頭對旁邊的柯憲忽然問了一句：「目前有沒有可能的嫌犯？」

柯憲沒想到廖慶金會開口問他，畢竟前幾日還帶隊到健身房大樓外支援槍戰，雖然沒有直接打照面，但彼此應該都聽過對方。柯憲頓了一下，沒遲疑太久，立刻回：「廖先生，我們也很遺憾看到市長這樣，但請交給我們警方處理，一定會給家屬和親友一個交代。」

「處理處理？阮大哥一看就知道是死在那個連環殺手上頭，不是還留有一袋鈔票？證據擺在眼前這麼明顯！喂！都已經死三個了，你們警察到底是幹什麼吃的！難道我要叫自己人來處理才行？恁這些吃公家飯的有沒有想過老百姓的立場？」

廖慶金怒目圓睜，江湖人士的架子又端了出來。

柯憲被他一回嗆，氣在心底，又不好發作，也只能頻頻點頭。

王眗裔原本心想廖慶金要這樣繼續鬧下去，自己就先繞路離開，但聽見這段對話，才邁出的腳步又退了回來。

「阿海。」

「幹什麼？」郭德海也靠在牆邊，被廖慶金的話氣得牙癢癢。

「那個現場證物的清單，現在只有你有對吧？他是怎麼知道現場有現金？還有，外頭的警員根本不清楚裡頭發生的情況，何況屍體也還沒驗，自殺他殺都不能確定，他才剛到現場不久，我相信隊長不可能跟他說這麼細，廖慶金是怎麼肯定是連環殺手幹的？」

「你的意思是？」

「廖慶金正在誘導辦案方向。」王眗裔眼睛瞇成一條線說。

在這個人手一機的時代，已經不同於過去發生大事時，隔天排隊到超商搶報紙一睹詳細報導的盛況。就算事件還在進行中，透過即時新聞，宛如不可遏止的傳染病毒，等比級數地在不同地區瘋狂轉傳。

劉火憑市長身亡的消息在這群官員離去後不久，爆炸性的新聞不斷在社群媒體上曝光。各種不同的謠言更是像飢餓許久的野獸，紛紛竄到人群聚集處，貪婪地搶食現代人僅存的注意力。

原本該是寂靜幽暗的觀賞夜景之地，因成了案發現場，數台媒體轉播車，以及記者們紛紛湧入望高寮，一時之間山路到處都是人，就算是深夜，強烈的補光燈和警方蒐證照明的燈光，將整個山頭照得到處都是光點。

王煦裔從汽車後照鏡看著點點光源，朝駕車的郭德海問了個不相干的問題：「這裡開車到高美溼地要多久？」

「高美溼地？你有沒有搞錯，現在都什麼時候了，去那裡幹嘛？」

「當然不是我們要去，只要告訴我多久就行。」

「如果開車……少說也要半小時吧。」郭德海側著頭，雖弄不懂王煦裔的想法，還是乖乖回答。

「看樣子，吳峻卿應該沒問題。」

王煦裔抓著頭，簡單說明了一下。

原來吳峻卿後來又表示在接到市長訊息前，人剛好正在高美濕地附近休假，因為距離不算遠，所以算了算時間直接開車過來。而王煦裔觀察到他的褲管和鞋底邊緣，沾有溼地泥沙和水浸濕的痕跡，他本以為是吳峻卿替市長急救時在歇業咖啡廳外沾上的，但當地又以落葉居多，不太可能有海沙，起初還有點疑惑，看了市長與他的對話紀錄後推算時間，並沒有特別衝突可疑的地方，在簡單的詢問後，吳峻卿便自行駕車離開。

倒是廖慶金一進入案發現場，像是把一切情況都熟記在心裡，雖然他說的內容大致與案發地找到的線索符合，但越是精確越讓王昫裔起疑，未免也太剛好了。

而這點柯憲也注意到了，趁著廖慶金離去的空檔，主動向在場其他員警打聽廖慶金近期的行程，發現他昨晚結束競選公開活動後，就待在附近的高級飯店內，僅有外出吃個飯就回去房內，直到接到助理通知市長出事了，這才匆匆趕至案發地。柯憲甚至還嗅到廖慶金身上淡淡的肥皂與溫泉味，看起來這人在忙碌的競選活動之餘，也很懂得放鬆休憩。

柯憲人見得多，清楚這種江湖出身的候選人能屈能伸，特別懂得在大眾前營造自己的愛民勤奮的形象，而背地裡要怎麼胡搞偷懶，又是另一回事。

隊長把自己的發現告知王昫裔後，叮囑要他特別留意此人，恰好與王昫裔自己的發現雷同。

深夜，郭德海駕車才剛繞出大肚山區，台中市區燈火依然明亮，好似什麼事情都沒有發生，幾輛從對向疾駛而過的轉播車正往他們來時的方向開，除此之外，並沒有太大的異狀。

對於警察來說，一輩子的職涯中，恐怕沒有多少人會經歷地方首長遇害的重大刑案，無奈今日碰上了，似乎還跟尚未偵破的連環兇案有關，郭德海心情多少有些沉重。而王煦裔雖然不是負責偵辦案件的人員，但牽涉了解的程度並不比隊裡的人少，無論是隊裡隊外的人員，今晚都不好受。

二人忙碌了一整天，車上交談的話不多，多少有些累了。

不過為了掌握辦案時效，郭德海還得回到隊上辦公室漏夜處理業務，本要直接送王煦裔返家；但王煦裔算了算時間，乾脆也跟著回去自己的辦公室休息，反正那間研究室也只有自己一人在使用，打地舖過夜也是常有的事。

王煦裔提前在靠近研究室附近的轉角下了車，沿著人行道步行，身體雖然疲累，腦袋依舊快速地運轉，只是稍早思慮不順的部分，依舊無解。若把市長遇害這件算入，已是第三起兇案，兇手作案的方式大同小異，胸前的致命傷與現場遺留的大筆現金，手法似乎都導向不亡人海羊。

但有一點，王煦裔當下在望高寮案發地雖沒說出，卻有點在意。

今晚市長死亡的姿勢，雖然說與前兩起的跪姿相同，有一點卻不一樣，即是市長屍體面朝北方，而非是綠川和逢甲那兩起的西方。

或許這條線索對其他人來說，可能無關緊要，但王煦裔隱約感覺不對勁。

如果說前兩起的方位是海羊刻意擺出的，那應該是具有某種深意或內涵，不應該到第三起命案就改變才對，面對有規律的模式忽然改變，這其中一定有問題。

王煦裔緩緩步行，心中一連串的線索隨意排列組合，腦袋忽然興起一個大膽的猜想，但隨即被理智壓了過去，他搖搖頭苦笑。

「不可能，我一定是太累了。」他只希望今晚能夠先好好睡一覺，明天再來和這件棘手的案件奮戰。

才進入眞相調查研究室所在的小庭園，穿過修剪整齊的短草皮和矮灌木，本該漆黑一片的草地，上頭卻有微微亮光。王煦裔抬頭一看，位於牆角看起來像小工務所的眞相調查研究室，窗戶透著黃光，正是光源。他認出那黃光是自己辦公桌前的其中一盞桌燈。

他回憶一下傍晚出門前，應該不曾忘記關燈才對。此時，有個高大人影從研究室內的窗戶閃過。

「隊長？」王煦裔這間小研究室除了他自己，就只剩隊長柯憲有鑰匙進入，但柯憲不久之前還在望高寮處理後續，有可能這麼快就回來嗎？王煦裔一明白這層道理，隨即提高警覺。

王煦裔腳步放輕，來到建築物前，發現辦公室大門沒有被破壞的痕跡，只是輕輕掩著，但這細微的改變，已經足夠讓王煦裔的戒心升到高點。

他身上沒有槍械，入侵者身上有無武器也不能確定，可是王煦裔比對方還具備一個優勢，那就是他清楚這間小辦公室的所有擺設。槍枝在窄小的空間裡起不了太大作用，因此不用太過擔心，況且自己的身形也不比對方差。

王煦裔把門輕推一道小縫，沒有闔緊的門鎖恰好讓他悄悄進入，然後彎著腰蹲在一座矮櫃前。

那人動作持續，好像正在挪動桌面的物體，似乎沒有注意到王煦裔已經進到室內，接著又在王煦裔辦公桌前，翻找著桌面上的文件資料。

「他想找什麼？」王煦裔心裡覺得奇怪，這間研究室沒有什麼值錢的東西，特別是堆滿資料的桌面，若眞的算上什麼有價値的東西，可能是那整面的藏書牆，以及一個從法國古董店買到的十八世紀機械懷錶，就擺在櫃子上。王煦裔瞥了一眼，這麼明顯的古董懷錶不拿，看樣子並非爲了錢財而來。

王煦裔不動聲色移動角度，終於可以看見對方。

眼前的男人戴著一頂黑色棒球帽，直接坐到他辦公桌前，此刻恰好背對著他。

王煦裔看準機會，從櫃子上取下古董懷錶，上頭附有一條堅固金屬鏈，緊握在兩手，立刻一個箭步衝向前，往對方脖子套去。只要時機抓得準，任何人都無法輕易掙脫要害被牢牢控制的局面。

就在鎖鏈要套到對方脖子時，王煦裔聽見一聲冷笑。他原以爲自己聽錯了，但下一秒桌燈忽然被人一關，研究室陷入黑暗。不過王煦裔的動作走勢只要不停，一樣能牢牢控制住對方。

王煦裔雙手用力一扯，空蕩蕩的，竟然撲了個空。

鎖鏈直接敲擊在辦公椅背上，發出清脆的聲響。

「差點就被你逮到了。」男人宛如幽魂般，在後方倏地出聲。

這變化太快，就連王煦裔也暗自心驚，不過他沒有停下動作，反倒第一擊失手後，他沒有遲疑，一拳又朝聲音的來向揮去！

那男人登時吃了一驚，沒想到王煦裔的動作也很敏捷，想後退移動，不料此時後方是另一面更大的書牆，幾乎不能閃躲。

「你以爲這裡是哪裡？」王煦裔清楚就算閉著眼，也能分辨自己的位置，更何況是整日長時間工作的地方。

「碰！」這人胸口挨了王煦裔一拳，身體撞向書櫃發出巨響。對方忍著痛，卻也不急躁，很快地就習慣黑暗的視野，僅有一些月光從窗外透了進來，勉強還可用來判斷彼此的人影。

「像你這種刑警，窩在這樣的小地方，可惜了。」男人突然開口說話。

這聲音讓王煦裔身軀爲之一震，憑藉著月光，他見到男人手上拿著一個手掌大的金屬物體，仔細一瞧，是他從虎崽那借來的小型手持攝影機，裡面還裝著一卷卡帶：推理別在我死後。

透過微弱月光，王煦裔終於弄懂眼前的男人，臉頰大片的傷痕，竟是不亡人海羊！

沒想到這名連環兇手，居然膽子大到直接闖上門來？

在一個瞬間裡，王昫裔腦袋閃過這部影帶裡的連環殺人劇情，以及短時間一連三起的現實兇案。

難道，劉火憑市長，眞的是死在海羊手中？

在設法嫁禍綠川和逢甲兩件兇案給虎崽不成後，他今晚回來取這卷錄影帶，目的又是什麼？

王昫裔過去偵破過多起難解案件，再加上這陣子破解謠言的工作經驗，讓他的直覺變得更加敏銳，也容易對不尋常的事件，皆有所懷疑。他隱隱覺得這其中，似乎有種說不上的不協調感。

這時意外見到海羊，王昫裔想起另一件更重要的事情：「阿雨人呢？你把她抓去哪了？」

海羊沒有回應，一雙寧靜如止水的眼珠直盯著王昫裔不放。

王昫裔沒得到回應，正要發作，海羊忽然開口：「王昫裔，你眞的不知道我是誰嗎？」

王昫裔一驚，沒想到海羊忽然來這麼一句。

話才說完，透過月光，模糊的輪廓，使他想起一個人，但自己內心深處，極力反抗這個駭人的猜想。

海羊讀出對方的表情受到動搖，不管王煦裔還處於警戒的狀態，放鬆身子，竟然背對王煦裔就朝門口走去。

「你知道我叫海羊，那麼……應該不難猜出我是誰。」海羊微微一停，語調裡充滿自信：「你知道去哪裡可以找到我。」

話音剛落，大門不知何時已被打開，這名不亡人頭也不回，消融在黑夜裡。

海羊消失後，王煦裔攤開揮拳的手掌，出現一個小小的金屬物體，是他方才趁亂擊出時，從海羊脖子扯下的。

十元硬幣大的金屬護身符，邊緣精細娟秀刻上一個「暮」字。

王煦裔怔怔看著，莫非自己恐懼的猜想，眞的要成眞？

想到這裡，他忽然覺得今天過得好漫長。

22.

金石器物，書畫擺設，在這條漫長不停歇的歷史大河裡，許多奇珍異寶在歲月的洗禮中，承載了更多不為人道的故事。運氣好的，落入藏家手中好好保護；而運氣差點的，因存放不當而失散，又或者被經營不善的商人，堆放在無人看管的破敗倉庫，永遠等不到重新面世的那一天。

位於台中市某一學區旁街道，人潮眾多，一整條繁榮的商店街白天擠滿各式店家。

唯獨門口有一支電線杆那戶，傾頹的木造牆面與黑瓦片，從鬆脫的大門窄小縫隙，還可見到店內凌亂的裝潢與擺設，甚至內側還長了一些不知名的雜草，當地學生也都見怪不怪了，父母告誡自家小孩，沒事別接近那間破店，詳細原因就連當地有十年經驗的教師也不太清楚，只聽說那原本是間古董藝品店，老闆不知跑哪去了，但也不曾重新改建，就這樣荒廢多年。

隨著歲月更迭，各種鬼故事或靈異現象傳得街區鄰里到處都是。但對終日與謠言為伍、不信鬼神傳說的前刑警來說，完全構不成威脅。

在經歷各種不同的刑事案件後，王煦裔弄清楚一個道理。

鬼神易懂，人心難測。

太多深沉難以捉摸的詭計，起點往往都是出自微不足道的尋常念頭。

過去是如此，未來也不可能改變。

直到近期，王煦裔接觸了不亡人後，對於各種超乎常理的事情，居然有另一種新認識，漸漸接受在這個世界之外，存在著不爲人知的一面。

王煦裔趁著商店街關閉得差不多，夜間獨自來到這間荒廢已久的店面，伸手對大門搖了兩下，門鎖已經鏽蝕得很嚴重，輕輕一扭，便脆化成鋒利的褐色碎渣。

他小時候曾來過一次，記憶中這裡的商品堆得像山一樣，展示架一層又一層，如同迷宮般，一不注意就容易在裡頭失去方向感。在手電筒照射下，白色光束裡懸浮著細微光點，好似室內空氣在多年停滯後，王煦裔的闖入造成一股不尋常的流動。

他小心地跨過地面雜物，繞過兩層展示架，手電筒光束不停在牆面上來回移動，幼時的記憶已經成爲不可考的模糊畫面，只能緩緩在黑暗中搜尋。

忽然間，光束停留在相對開闊的空間，一塊巨型的深色石板單獨掛在牆上，周圍一塵不染，在手電筒光束的照耀下，宛如一個神聖的展示場。

王煦裔一見到，立刻認出它就是自己要找的東西。

「眞是好久不見。」王煦裔口中喃喃道來，像是在對它說，也像是對自己說。

牆上的深灰色石板，中央深陷著一朵碩大的化石花朵，底下枝幹線條優美，長條尾端固定在下方一處，彷彿還在海中擺盪，正是當年在店裡見過的海百合化石。

眼前化石來自中生代侏羅紀，外型猶如百合花，是棘皮動物最古老的族群，乍看之下如同植物。海百合綱動物可以分成兩類：百合類的有柄，一生都固定在海底不會移動；而另一種則無柄，能自由自在地游動，在海底分布甚廣，長有羽毛狀的羽枝，因此被稱爲海羊齒類，就算是今日潛水客在淺海域也能見到，外表十分鮮豔有趣。

有關這方面的知識，王煦裔年幼第一次見到它時，似懂非懂，尙不清楚。一直到眞相調查研究室有部分工作常與博物館接觸，這才有機會明白當年見到的海百合化石到底是什麼樣的生物。

「海百合雖美，相較之下，能夠四處在海底活動的海羊，顯得更加自由……眞虧你還能想出這種隱晦的名稱。」

王煦裔凝視古董店後方最黑暗的角落，淡淡地說，可語氣聽得出有些異樣的激動。

暗處有個影子晃了晃，竟走出另一個人，對方不知已經在黑影中待了多久。

「海羊，不對……」王煦裔眼神停留在這名高瘦修長、臉頰帶有傷痕的人。他不解，爲何自己曾經如此熟悉的人，竟然可以有這麼大幅度的變化。「你是阿月哥……對吧？」

眼前這名高瘦冷酷的男人，第一次顯露出放鬆的微笑。

海羊過去曾多次出現在王昫裔等人面前，甚至待在角頭廖慶金身旁許久，卻無人發覺，竟是被警界稱爲明日之星的徐月承刑警。

不過外型變化太大，就連王昫裔一時也認不出來，再加上那道恐怖的傷疤，幾乎沒辦法與印象中英挺的徐月承聯結，此刻就連聲音都有些沙啞滄桑，不知是否爲刻意，或者這些日子的遭遇，讓人徹底的改變。

不過王昫裔細看之下，依然有當年他熟悉阿月哥的影子殘留。

徐月承究竟經歷了什麼事情？王昫裔在腦海自忖問道。

「沒想到你還記得這裡。」徐月承抬起頭，環視一圈，儘管這裡已經荒廢許久，彷彿在他眼中這間古董店仍是學生時期時常來此佇足的祕密空間。

「所以你沒有死？」王昫裔疑惑地開口。

「沒有死嗎……哎哎，這個問題我也問過自己很多遍。你覺得死亡究竟是一種『經歷』？還是一種『狀態』呢？其實我自己也搞不太清楚。」徐月承兩手一攤，接著道：「不如……說我還存在吧。」

王昫裔不由得愣住，三年前自從徐月承被殺，他曾陷入許久的低潮。尤其王暮暮自殺後，徐月承便成爲他追隨的目標，雖然分隔兩地不常聯繫，但總知道未來有個方向在等待著自己前進。

但如今的自己，已不像過去那般稚嫩天眞，甚至也被許多前輩看好，無奈此時的自己也已不再是刑警身分。如今重新見到徐月承出現，頓時情緒有些複雜，就連自己也不知爲何。他不明白早已身故的阿月哥突然現身，究竟有什麼目的？尤其在發生這麼多事之後。

徐月承不待王煦裔開口，似乎看穿了對方心中疑惑，直接說道：「你是不是想知道，我究竟站在哪一邊？」

王煦裔聽見徐月承如此坦白的問法，也不隱藏自己，點了點頭：「沒錯，如果你是阿月哥，那麼爲何要犯下綠川和逢甲那兩件命案，殘忍虐殺被害者，並且設局嫁害給虎崽，這不像你的作風。」

王煦裔一旦明白眼前的人是眞兇，就無法輕易找理由替對方開脫，即便這是自己最崇敬的大哥也是如此，此刻的自己，並不打算輕易放過這個機會。

徐月承默默望著他，眼神閃爍，他太清楚這個從小跟在他身邊打轉的王煦裔，面對眞相的執著，不顧一切只爲把眞相查個清楚的個性。

簡直就像自己一樣。

「所以你早知道，劉火憑市長不是我殺的囉？」徐月承問。

「起初還不敢肯定，光憑手法判斷，雖然相像，但還是有一點不同。」

「哪一點？」

「死者跪地的面向，前兩人都是朝向西邊，唯獨市長是朝北，我原本還不明白原因，但自從你出現在我的研究室後，我終於確定一件事。」

「哦？」徐月承露出似笑非笑的表情，要他繼續說。

「西邊，代表了太陽落下的方位，也是夕陽暮色出現的地方……」王煦裔語調低沉，帶著怒意說：「罐頭和紅龍，跟我姊王暮暮自殺有關，對吧？所以你才會用這種方式讓他們跪著死去，我想了很久，這世界上也僅有你有如此強烈的動機會這麼做。」

「不錯！」徐月承臉部表情凝重，一瞬間在他眼神閃過兇狠的殺意，但又消逝，旋即恢復平淡深沉的表情。

「所以你查出當年我姊自殺的眞正原因了？」

徐月承沒有立刻回答，他從口袋掏出一個金屬物體，是從眞相調查研究室偷出的那台手持攝影機。

「所有的眞相，都在這裡。」徐月承開啓攝影機，室內閃爍著電子螢幕的光芒，接著播放。

時光彷彿回到十六年前，那個無憂無慮的夏天。

23.

那年，徐月承和王暮暮是高中三年級的學生，面對即將到來的大學聯考，本該是心無旁鶩、全力以赴的時候，卻因爲一場意外，徐月承意外失手殺害了古董店的房東。

這名綽號叫老鼠的房東侵害王暮暮未成，當下就被徐月承重擊頭部而亡。就當王暮暮不知所措，擔憂二人是否因這場意外，中斷這一切的生活，徐月承想起前幾日經過後校門時，偶然聽到的一段對話……

在距離後校門約三百公尺的地方，有間廢棄已久的汽車修理廠，用鐵皮搭建的工廠前，約略有一座籃球場大小的空地，幾株雜草從水泥地裂縫長出，貌似罕有人煙。

事發當天晚上，有幾個人影在空地上來回走動，算算至少四人，他們手邊拿著燈光和攝影機，很忙碌地圍繞一輛老舊的銀色賓士轎車，像是在交談著。

「眞的沒有問題嗎？」

王暮暮待在不遠處的矮牆邊，有點憂慮地側頭發問。

「沒事的，他們幾個也不是什麼好人，昨天才從路邊偷走那輛賓士車放在這，剛好被我看見，沒想到今天就派上用場。」

當年的徐月承還很年輕，和王暮暮在一起時還算文靜，偶爾不自主地顯露一股心高氣傲的語氣。

根據他的說明，眼前這幾個年輕男子，平時愛惹事，是鄰里間的頭痛人物，最近又把腦筋動到微電影競賽，第一名有十萬元獎金。聽說是以一個近期在學生間流傳的都市傳說，有一名來自陰間的連環殺手，擁有超出常人的能力，虐殺被害者後，還會把鉅額金錢放置在案發現場，美其名讓死者黃泉路上花用，但實際是吸引更多貪財的目擊者現身，像打獵一般，讓貪戀財富的傻子上鉤，接著以殘忍的方式殺害。

聽起來是一個帶有勸世意涵的劇本，但這群年輕人爲了追求效果，或者爲了節省血漿道具成本，根本沒把生命當一回事，居然動起壞腦筋，暗自殺了幾隻流浪狗作爲拍攝用途，只爲了營造連環殺手兇殘的形象。

他們不曉得，這些孤單的流浪狗平時很親近人類，善良的徐月承下課後，時常會繞過來空地，把中午故意留下的部分營養午餐分食給牠們，牠們還搖尾巴興奮地汪汪叫。直到近期少了好幾隻，徐月承老早就覺得不對勁。

「要開始了。」

徐月承壓低聲音說道。

只看到一名身上滿是血跡的被害者演員，先是翻進轎車後車廂躺好。另一名青著臉、惡鬼扮像的演員自己手持攝影機，以第一人稱的角度，另一手握凶刀，先是把後車廂掀開，面對不停掙扎的被害者演員一陣猛刺，現場一片血腥。

大概過了幾秒鐘後，這群人之間忽然引起騷動。飾演被害者的演員，滿身是血地連滾帶爬摔出車廂。接著其餘工作人員也驚呼連連，車廂內似乎有什麼異常恐怖的事情。

「看樣子，他們發現了。」

徐月承靜靜地看著不遠處發生的騷動，但他知道計畫才進行到一半，接下來才是關鍵。

有一名約二十五歲，年紀是這群人中最長的，態度囂張，看似是導演的傢伙，接過攝影機，小心地靠到後車廂，又像是被嚇到般在原地踱步連連，衝著剛才摔下車廂的被害者演員一陣罵。

「幹恁娘！叫你偷一台車來拍片，恁偷這款！裡頭有死人耶！」

導演一邊叫罵，一腳猛踢那名可憐被嚇又挨打的夥伴。

「卡緊處理！事情賴到我們頭上，按奈都洗不清！」

他一面指揮底下的拍攝成員，竟發現車廂內還藏有大把的現金，是徐月承故意擺放的。果然，這群人交頭接耳後，擔憂偷竊車輛的事情曝光，胡亂把現金抓了乾淨，又把車廂給封上。

整群人協力合作把這輛偷竊來的賓士，推進廢棄鐵皮修車廠裡最深處，還謹慎地用一塊帆布掩蓋，鳥獸散去。

眼前的一切，都被躲藏在附近的徐月承料中，甚至比規劃中還要完美。

後車廂裡的屍體，當然就是被他失手殺害的房東老鼠。一如徐月承的預期，這幾人果然不會去報警，畢竟這輛車也是他們偷竊而來的，再加上本來就是爲了獎金而進行拍攝，看到屍體旁那麼多的現金，豈有白白放過的道理。

日子一天天過去，就當徐月承以爲一切都在自己的掌控中，守護了自己最愛的女友王暮暮，卻沒想到事態早已逐漸走偏，一場危機直接朝王暮暮襲來。

但這次，王暮暮沒有找徐月承協助，而是獨自扛起了這一切。

這場危機的破口，竟是在廢棄修車廠空地角落，這四名男子事先架好了從旁側錄的攝影機，本來是要當成活動記錄用。事發後，他們匆匆離去，才想起自己有另一台攝影機忘在拍攝現場，主事的導演折返取回，從錄下的畫面裡，發現原來是一對高中生男女在背後搞鬼。

拍攝團隊的四人，分別就是未來的劉火憑、廖慶金、罐頭與紅龍。

若這四人還算正派，也不會有後續一連串的事發生，無奈這群男子抓到這兩人的把柄，導演劉火憑選擇去威脅王暮暮，甚至以此作爲籌碼脅迫她幹了不少骯髒事，面對種種不堪的罷凌與欺侮，王暮暮心力交瘁，她宛如這四人的玩偶，卻仍堅守著不出賣徐月承的身分。

直到王暮暮從頂樓一躍而下後，徐月承才從她留下的遺物中，找到一卷錄影帶，上頭寫著「推理別在我死後」一句不明所以的話，他認出是王暮暮的字跡，影帶內容即是那時劉火憑掌鏡拍攝微電影的毛片。另外還有這群惡棍欺凌她時，嬉鬧拍下的影帶畫面，全都被王暮暮趁機偷走，藏匿在她逝世前最後攜帶的背包當中。

面對王暮暮的離去，徐月承花了好久的時間，才拼湊出這一切事情的原委。直到自己蒐集足夠證據，準備和當時已經是立委的劉火憑攤牌。徐月承心裡明白，自己當年失手殺害房東老鼠，也犯下了殺人罪，若尋求法律途徑，劉火憑等人恐怕也是輕判了事，但他嚥不下這口氣，於是選擇私下和劉火憑接觸。

卻沒想到，談判當晚出現的竟然是廖慶金。

深夜山區的槍響，帶走一名年輕刑警的性命。

卻又造就另一名不亡人的出現。

「命已絕，卻不該死。生前作爲無法定善惡，死後判官也沒轍，只好化爲不亡人。」

徐月承說到這裡，眼波流動，忽然唸出這段話。

王煦裔腦筋立刻回憶起阿雨也曾說過一模一樣的話，當時的他懷疑的成份可比現在大得多。王煦裔曾要阿雨多說明一些不亡人的訊息，方才明白：人類之所以身故後成為不亡人，必須在期限內證明自身清白，並且已經成為鬼差的不亡人們會在暗地裡評估是否合格。若真為清白者，則可成為不亡人；但若仍無法證明，則將返回修羅地獄。

從阿雨的語氣來評斷，她擔任鬼差的工作已久，似乎對現今的不亡人墮落情形顯得很不滿，但也僅是點到為止，不願再多說。

王煦裔雖是第一次聽見不亡人之間的矛盾，但他破案無數，一下就意會過來。頓時覺得人死後，似乎也挺無趣的，一樣得面對總總之前擔任刑警時的鳥事。

王煦裔注意力回到今晚陰暗的古董店。

徐月承說完這幾年的往事，並且播放王暮暮被欺凌的影帶，他撇過頭，刻意不看，影帶傳來劉火憑和廖慶金年輕時帶頭嬉鬧的聲音，以及另外兩位不是很熟的男人，但從對話中研判，聽得出是罐頭和紅龍。

影帶裡的打鬧聲音，像把鋒利的刀刃割在兩人心頭。

徐月承默默站在海百合化石前不發一語，雙肩似乎正微微顫抖，又像刻意留給王煦裔思考的空間。

幾秒鐘後，王煦裔紅著眼，深深吸了一口氣，穩定情緒後問道：「我已經知道，罐頭和紅龍兩件案件，都是你做的，那劉火憑市長呢？會是誰殺了他？」

「廖慶金幹的。」徐月承繼續說：「這陣子我就隱藏在他身邊，他完全對我沒有起疑心，就連跟劉火憑在山上的密會，也都要我陪同前往。但我早知道，他和劉火憑不合已久，早就起了殺心，等他選立委的時機成熟，就打算下手……但我沒想到，他居然會在選舉前眞的動手，這點讓我有點意外。」

「果然是他……」王煦裔聽見徐月承這番話，印證了自己對廖慶金在案發地舉止詭異的猜想。

這時，王煦裔心中升起一股疑惑，提出一個不符他身分的問題，卻又直指核心：「阿月哥，你是要我幫你殺廖慶金？」

徐月承轉過頭來，沒有馬上回答，方才那影帶的聲音刺激著他這些日子以來隱藏在內心深處的憤慨與無奈，彷彿讓他蒼老許多，臉上剛硬兇狠的線條似乎換了個人，盡是疲憊的神情：「我的時間已經不多了。」

王煦裔一臉迷惑，本來還在思索徐月承狀態看起來還滿好的，爲何出口就是不久於世的語調，不過隨即意識到，他話裡的意思並非自己想的那樣。成爲不亡人後，必須在一定期間內完成證明自身清白的任務，但稍微一估算就知道，徐月承自從返回人世，幾乎把時間都用在查案，並籌劃向四人的復仇行動，哪有心思在自己身上？

「還有多久？」王煦裔問。

「到明天午夜子時。」

「明天！」王煦裔大驚，現在時刻已超過晚上十二點，這樣一算，就連二十四小時都不到。

難怪徐月承會突然現身，他已經沒有時間了。

王煦裔看完影帶內容，整個人氣極。他知道廖慶金是利益至上的幫派份子，但沒想到眞相遠比他想得更惡劣。原本協助偵查這一系列連環兇殺的王煦裔，忽然明瞭這四人竟都與當年王暮暮自殺有關，立場頓時轉換，臉上露出另一種從沒見過的複雜表情。

王煦裔心中不是沒有怒意，只是隱約覺得不對勁，如果阿月哥這陣子都埋伏在廖慶金身邊，那他應該有很多下手的時機，爲何要拖到最後一刻？再說，阿月哥難道有什麼苦衷，這個等待多年的復仇機會爲何不自己執行？

徐月承見王煦裔面色凝重，心想也該是跟他坦白自己的顧忌，輕嘆口氣：「是你身邊那個不亡人，有她在，我就無法下手。」

「阿雨？」

徐月承點了點頭，繼續說：「她是不亡人裡的鬼差，負責監視與評估像我這種剛成爲不亡人的傢伙，一旦做出任何傷人的事，我就得受罰。換句話說，有她在，我就不能隨心所欲地行動，但天曉得像她這樣的鬼差還有幾位。」

王昫裔清楚阿雨的個性，看似天眞浪漫，但骨子裡其實一板一眼，極有正義感，就算是在不亡人中也是罕見的了，因此徐月承會這麼說並不意外。「那她人呢？」

「暫時在一個安全的地方。」徐月承視線從王昫裔身上移回海百合化石，悻悻然道：「那晚能打贏眞的是僥倖，要不是她挨了一槍，又得負責看顧著你們，光憑我一人不可能這麼順利，其實她完全有能力獨自逃離，也不會弄成現在這樣。」

王昫裔愣了愣，下意識朝後退了兩步，一雙眼睛既是戒備又感到不解：「阿月哥，你什麼意思？」

「昫裔，你太緊張了。」徐月承淡淡說著，似笑非笑看向王昫裔：「這些年爲了調查暮暮的死因，你也辛苦了。現在就只差這一步，這四個兇手都能得到他們該有的懲罰！至於那些想阻止我的不亡人，一個我都不會放過。但你放心，我看得出那個阿雨跟你關係不錯，只要不要來壞事，我不會對她怎麼樣。」

徐月承一邊述說這些日子他的遭遇，從十六年前王暮暮自殺，陷入絕望的低潮，接著他選擇當上刑警，追查隱藏在背後的欺凌，然後蒙受劉火憑和廖慶金二人的陷害，卻又奇蹟地甦醒爲不亡人。在追查的過程當中，徐月承不是一帆風順，中途也碰上不少不亡人鬼差暗中監視自己，但憑藉著超人的偵查能力，反將這群不亡人暗地處理掉，不留下證據。

在一瞬間裡，徐月承彷彿回到他是高中生，王煦裔還是一個小學生的關係，坐在公園分享生活中的瑣碎點滴。

只是對話的內容，顯露對王暮暮的不捨與思念，濃厚的溫暖情感與殘酷的手法，共存在同一人身上，顯得強烈的對比。

直到徐月承說到明天傍晚在健身房大樓外的停車場，廖慶金準備出席一場競選發表會，本來是劉火憑市長要來助陣，卻因爲遇害身故而取消。廖慶金腦袋靈活，乾脆改成一場燭光追思會，場地改到市府廣場前，來參與的支持者會更多。但徐月承清楚，根本沒有什麼競選發表會，甚至市府廣場的空地檔期都是事先預留，一切都是計畫好的活動。

「明晚現場僅有燭光，昏暗得很。加上你不會被不亡人鬼差盯上，煦裔，是你很好下手的時機……」

徐月承越講越起勁，眼珠散發著異樣的光輝，卻沒注意到，王煦裔的表情一沉，視線黯淡地已從徐月承身上挪開。

王煦裔默默來到徐月承身旁，一手放在他肩上，略施力道。若論身材，王煦裔可不比對方差，無奈清楚自己打不過不亡人，但心底的悶氣，讓他不得不這麼做。

「阿雨在哪裡？」王眗裔問。

「我說過，她在一個安全的地方。」

「在哪？」

王眗裔又問了一遍，按壓的掌心變得更沉。

這細微的變化，徐月承當然感受到了，側臉看了肩上的手掌，輕輕一笑。

「看來這些年，你也長大了不少，以前你才不敢這樣對我說話。」徐月承話才剛講完，身子一蹲，眨眼的工夫就轉到王眗裔視線死角的另一邊，手裡頓時多了把短柄的雕刻刀，輕抵在王眗裔脖子邊，速度之快讓他猝不及防。

「這把雕刻刀是暮暮當年上美術課時很喜歡用的工具，每次她都帶在書包裡，還曾經救過她一命。」徐月承語調不帶威脅，彷彿是在述說一件極普通的事，接著忽然調轉雕刻刀，往王眗裔手裡一塞。「送給你吧，我保管太久了。」

「你……」王眗裔被他的動作一驚。

「明天傍晚，追思會，我會製造空檔給你處理廖慶金，事情辦完後，接下來什麼都不用擔心。當然，阿雨也會沒事。」徐月承刻意把最後一擊留給王眗裔，邊說邊踏出灰暗破敗的古董店。

就在徐月承準備消失在門外時，突然停下腳步：「你以前就不曾讓我失望，我相信這次也一樣。」

王眗裔怔怔望著這位他從小崇敬的大哥，心中百感交集。他低頭看了一眼雕刻刀，木質把手被刻上了三個細小的字：王暮暮。

刻痕已經有了歲月，還可以發現字體表面特別光滑，那是被徐月承整日細拂的痕跡。

「如果法律無法還給被害者一個公道，唯一能幫忙討回來的，只有活著的人。」王眗裔過去曾抓過一個爲愛女復仇殺人的老年嫌犯，他曾振振有詞地說。當時王眗裔覺得這只是控制不住自己衝動的脫罪之詞，但現在想想，似乎還有幾分道理。

王眗裔心中動搖，他本來就不是一個死守規矩的人，只要能查緝破案，過去各種誇張的行爲可沒少幹。怪物新人的稱號，不只是稱讚技巧高超，同時也代表桀驁難馴的另一面。

眼前這場徐月承早就策劃好的局面，究竟該順應著復仇之火繼續狂燒，或者遵循職責阻止這一連串的悲劇。王眗裔若有所思，體內兩股力量都有道理，卻誰也不能說服對方。在這一瞬間，胸前姊姊幫忙求來的護身符，正隱隱發燙。

24.

在一片昏暗的環境裡，四處都是嚴實的水泥牆面，門外把手纏了兩圈透著寒光的粗鐵鍊，有些光亮從縫隙透了進來，照射在一名靠坐在牆邊的女子身上。

她輕輕動了一下，這已經不知道是阿雨做的第幾個夢了。

她夢見自己回到成長的那間老宅。早晨時刻，家裡的父母和兄弟姊妹都在，燒水切菜，趕雞餵狗，一切都是熟悉的模樣。

阿雨很清楚自己正在做夢，眼前這場日常，不過是早已消逝多年的回憶。但在經歷不亡人逐漸出現喪失回憶的症狀後，能在夢中再次與家人相見，成爲她堅持下去的動力。

很奇怪的，過去她總苦於不亡人無限的壽命，家人逐一凋零逝世，擁有大量美好回憶，孤單活著是件很痛苦的事。但身爲不亡人多年，在開始出現會讓自己回憶逐漸消失的症狀時，居然又會感到恐懼與不甘。這其中的矛盾，就連阿雨自己都不知如何是好。

或許不亡人根本是普通的人類罷了，只是被生前作爲的因果所囚禁，動彈不得，就像她現在的狀況一樣。

阿雨動了動身體，經過幾日休養，腰際的槍傷已經好了不少，但深層肌肉的刺痛，還是讓她從夢境一瞬間拉回現實。

眼睛一睜，她依然在這間陰暗的地下倉庫裡。

周圍擺滿許多紙箱，好像是一些老舊的藝術品，甚至也有一些是阿雨小時候，曾在音樂會活動看到的罕見留聲機，這玩意在以前可是很新潮的，隨著時代變遷，居然被擺在倉庫裡積灰塵。

她仰頭算算時間，現在應該已經是白天了。

除了從氣窗透進的微微光亮，阿雨更可以依據不亡人白天與夜間的能力轉換，判斷外界此刻究竟是何時。現在她感覺自己的力量不如幾個小時前，已經回復到普通人的狀態，想必已經是大白天，甚至早就中午。

阿雨回想起昨晚，依稀有聽到兩個男子的對話。

熟悉的語調讓她從夢中驚醒。是王煦裔和海羊。

阿雨以為自己還在做夢，起初還訝異自己怎麼會夢到王煦裔，感到一陣窘迫，但後來聽見海羊的聲音之後，確定自己還在這間地下倉庫。

阿雨掙扎地想起身，但海羊每日幫他注射的藥劑，讓身體幾乎使不上力，要不然門外幾條鐵鍊怎麼可能困得住自己。她不曉得王煦裔是怎麼找到這間廢棄古董店，但從對話裡聽得出來王昫裔對自己倒是挺關心的。不過更驚人的，居然是這兩人早就相識。

阿雨當下沒有大聲呼救，她清楚這樣一來，反而會害慘王昫裔和自己，畢竟王昫裔可打不贏對方，自己又是這種狀態，也只能暫時按兵不動。

靜靜聽了對話一陣子後，登時把這兩人的關係與一連串兇殺都給連在一塊。海羊本名徐月承，生前是一名刑警，同時也是一名新任不亡人。阿雨眉頭緊皺，既然不亡人在外胡搞，身爲鬼差的自己就有責任暗中記錄，並即時導正，特別是在這個紛亂的時代，很多不亡人鬼差都不做事了，只顧著在冤伸俱樂部打混。

但如今被囚禁在這座地下倉庫，就算聽到這祕密，卻什麼也不能做。

也許是因爲藥劑的關係，阿雨覺得自己的記憶有些混亂，好似聽見在王昫裔離去後，海羊又折返回來，自言自語說到接下來要幹件大事，又像是在對著他人說。

沒過多久，阿雨昨夜短暫清醒，又陷入了沉睡中。

直到被一陣猛烈的敲擊聲驚醒。

「阿雨！阿雨！妳在裡面嗎？」一個年輕男子的聲音從門外傳來。

「你是……？」阿雨覺得對方聲音耳熟。

「太好了！你果然在這裡！」

「……虎崽？」

阿雨終於想起這聲音的主人，但爲何是他？印象中虎崽雖然跟自己行動過，但覺得對方就只是個小鬼，雖然多少知道有關不亡人的一點消息，光憑他自己就能發現海羊關她的地方，實在難以置信？

「妳稍等我一下，這鐵鍊有點難處理。」

虎崽一邊從門外解鎖一邊說，鍊條與門板發出金屬撞擊的聲音。

「就你一個？王煦裔呢？」

「哈哈，我就知道會這樣問，阿雨妳果然比較關心煦哥。」

「少廢話，我只是隨口問問而已。」

阿雨待在門的另一側，幸好虎崽看不到自己尷尬的模樣。但說實話，她也不知道自己爲何會如此在意這個見過沒幾次的凡人，原先是因爲喝了冤伸俱樂部那杯名爲「回憶」的酒後，出於無奈，不得不動身協助王煦裔，只因爲她被告知王煦裔身上有著不亡人回憶逐漸消逝這種症狀的關鍵。

但上回在健身房大樓的行動，也讓她對這名看起來有點痞、做事不照規矩的夥伴，有了不同的看法。

「好了，妳退開一點，我要開門了！」虎崽在門後叫道，然後奮力一踢，年久生鏽的倉庫鐵門碰一聲，就被硬踹而開，揚起一陣灰。

阿雨本想起身閃避，但身子不受控，軟綿綿的，灰塵惹得她直咳嗽。

一個滿頭金黃髮的年輕人不停揮舞的手掌，把煙塵驅散開，立刻看到前方幾公尺外，一個白衣黑裙的妙齡女子，身上的衣物都是灰，虛弱地靠坐在牆邊，但眼神晶亮，張著大眼望向門邊。

「好久不見呀！」虎崽趕緊來到阿雨身旁，忽然伸手朝口袋裡一掏，拿出一個古銅色的匣子，一看就知道歷史悠久，內層裝了兩顆紅色的藥丸。

「這什麼？」阿雨見這東西來頭不小，就算這間古物店裡的所有藝術品加起來，都沒這小匣子來得精緻有價值。

「是個綠眼珠的有型大叔給我的，他說這藥丸給妳吃之後，就能化解被海羊下的藥。」

阿雨腦筋一轉，世上有能力且符合外型描述的僅有一位，瞬間明白這人是誰，驚訝說：「是威利？」

「威利？哦哦，原來大叔叫威利呀，聽起來滿符合他的形象。」虎崽接著又自顧自說：「這人很奇怪，人有點陰沉，既然知道妳被關在這裡，也不去報警，就要我來救。看這傢伙有錢有勢，說不定我以後可以跟著他混！」

阿雨壓根沒想到，居然是冤伸俱樂部的經理威利要虎崽來救人，但他清楚這位不亡人從來不做賠錢買賣，只要出手，必定要有回報。尤其是那天晚上，設計阿雨喝下那杯「回憶」的毒酒，今日又派人來救她，擺明就是押著自己去替他辦事。

阿雨氣極，但又不好跟虎崽講太多，說了句「多謝」，立刻把藥丸嚼碎吞下。藥丸很苦，但一入腹，彷彿有股暖流，經過之處逐漸恢復力氣。她站起身拍了拍衣服上的灰，轉身劈頭就問：「現在幾點了？」

「都快傍晚五點了，我花了好長的時間才找到這間破店……」

虎崽還沒講完，阿雨一臉驚愕。

原本以爲才中午左右，沒想到居然這麼晚了！算算時間，海羊，不，是徐月承說的市長追思會早已開始。如果眞的如徐月承所籌劃，王眗裔要在追思會替他姊姊王暮暮復仇，那麼這一切將導向不可收拾的局面。

此外，阿雨心裡一直有個不爲人知的疑惑，隱約知道這背後好像還有雙看不見的手，正把每個人推向該站的位置。她第一個懷疑的，就是冤伸俱樂部的不亡人威利，但目的爲何，她並不清楚，只能走一步算一步。而此刻，第一個可見的危機，就是王眗裔自己並不曉得一旦他眞的下手殺害廖慶金，會面臨多少躲藏在暗處的不亡人鬼差的記錄。

鬼差不僅負責觀察新任不亡人，也負責評價凡人善惡。

諷刺的是，這群不亡人鬼差跟陽間的凡人差不了太多，也都是貪圖享樂與好大喜功的傢伙。在發生這麼多場重大兇案後，任何人在風頭上幹出殺人復仇的舉動，絕對讓這群鬼差見獵心喜，還不加油添醋地把王眗裔記上好幾筆。出於這點，阿雨算是參雜了不少自己的私心，絕對要阻止王喣裔幹傻事，免得被別人當棋子耍。

虎崽不解阿雨為何像是變了個人，也跟著緊張起來：「是不是我做錯什麼？」

阿雨搖頭，想拔腿直衝現場，走沒兩步，發現自己的體力尚未完全復原，且還在白日階段，體能跟普通年輕女生基本沒兩樣。

「你怎麼到這裡的？」阿雨無奈問。

「騎車啊。」

阿雨長長嘆了一口氣，頭也不回地踏出陰暗的地下倉庫，急喊：「載我去找王喣裔！快點！」

阿雨第一次對有關王喣裔的事做出如此劇烈的反應，雖然虎崽還不能理解細節，但他本來就機靈，一下子便明白事態的嚴重性：「走這裡比較快！幸好我這輛車花了不少錢改裝，包妳滿意！」

25.

時間剛過傍晚五點，鄰近台灣大道的街區塞滿下班的群眾。

有的人趕著回家，而有的人是受到網路媒體的號召，前來市政府前的廣場，紀念這位政壇快速竄起又殞落的新星。在發生連續三起兇殺案後，就連浮誇聳動的媒體，也沒有人能想到前幾日正在電視上誇口要破案的劉火憑市長，竟也成爲其中一名被害者。

事發後，各種傳聞塵囂直上，政治仇殺、利益分配，種種無法證實的消息傳得到處都是，就連負責辦案的柯憲和郭德海都覺得十分頭疼。面對這種爆炸性的壓力，簡直快把隊裡的人給逼瘋，但碰上影響層面太廣泛的議題，又不得不回應，在人手極度不足的情況下，這陣子幾乎度日如年。

柯憲接到追思活動告知時，已經是當日中午過後，本來不想抽調人力去現場，但不知爲何，網路上竟然又出現另一則匿名爆料，表示殺害市長和其餘二人的眞兇，也會出現在追思會現場，動機不明，但眾多網友推測可能會再出現第四名死者。

柯憲坐在辦公室，眉頭深鎖，心想這不知道是近期第幾則爆料了，一下子是在市區，一下子又是在海邊，各種民間械鬥仇殺都能與這系列命案扯上邊，通報雖多，無奈民眾的報案大都是無用訊息。

今晚這場追思會是廖慶金替市長辦的，美其名是追思紀念，但這種小動作可瞞不過柯憲的眼睛，光是活動場地協調和道具布置，就是一番功夫。況且這一場辦下去，廖慶金選立委的聲勢，幾乎強壓所有候選者，根本毫無懸念，篤定當選。柯憲判斷這其中必然有問題，但因牽扯太多政治因素，隊長沒打算太過張揚，只叫上郭德海，跟他到現場了解一下。

另有一點與案情無關，卻又讓柯憲很掛心的事。

王畇裔自從當天市長命案發生後，就一直不見人影，打他手機也聯絡不上，整個人像是憑空消失一樣，柯憲吩咐郭德海去眞相調查研究室找過幾次，但都沒見著。

過去雖然也曾發生過，不過沒有像這次這樣，無聲無息，說他被人抓了都有可能。

一件事沒處理完，另一件事就先到來，整日周旋在這堆麻煩事裡，經驗豐富的柯憲都有了退休的念頭。

不過這方面郭德海倒是豁達得多，或許是年紀和王畇裔相仿，也有可能正在力求表現的時期，郭德海滿腔熱血地想要破案。雖然過去總是麻煩王煦裔這位學弟，但自己也是挺不好意思的，尤其人家都不在隊裡了，還三番兩次去請求幫忙，搞得自己好像還是個菜鳥一樣。

二位刑警步行至市府廣場，還沒抵達主要的會場，就已經感受到眾多男男女女，一下班就過來致意。靠近廣場的另一側排了好長的人龍，都是要排隊領取蠟燭的民眾。

蠟燭外層捲了一圈白紙，一旦點上，就如花蕊燃了火焰的小花。人手一個，緩緩朝另一側的主要會場移動。

「看來劉市長還是滿受民眾喜歡的，否則也不會來這麼多人。」郭德海嘆了口氣說道。

「不是有句話是這樣講的？政治一切講求表面。」隊長和郭德海這陣子私下做了不少調查，居然追查到劉火憑市長與廖慶金暗地裡有密集的金錢往來。

雖說政治與商業本來就緊密不可分，但這二人的來往已經超過正常的分際，簡直就像交易一樣，持續多年。每月廖慶金都得繳給市長的人頭帳戶數百萬元，而在廖慶金的製毒廠被王煦裔一把火給燒了之後，繳納的金額還一度下滑。但後續幾個月，等到地下賭場生意逐漸步入軌道，分紅又開始上升到過去的數量。

要不是廖慶金突然要選立委，這兩人也不會突然被警方密集地盯上。

「阿海，對面人潮不少，我去看看，你自己小心點，有問題立刻回報。」隊長向郭德海下達指示。

「收到。」郭德海點了點頭，也轉進舞台的另一側。

他有一種奇妙的心情，網路謠言說今日現場會出現殺害市長的眞兇，心想這條消息如果是眞的該有多好，直接直球對決，省了不少麻煩事。

這個古怪的念頭才剛閃過，他突然見到在舞台的另一側角落，有個人影朝群眾反方向移動。郭德海眼睛一瞇，覺得這高瘦的身形有點面熟，頓時一驚，似乎是海羊！他立刻推開擋在前方的幾名群眾：「抱歉，讓一下。」

郭德海急著追過去，死命不讓海羊離開自己的視線。他差點忘了，海羊是廖慶金的保全與助理，會出現在這個由廖慶金主辦的場合其實很正常。

他不知道對方要去哪裡，也不曉得他有何目的，但這人是目前排名第一，嫌疑最大的犯人，說什麼都不能讓他消失在眼皮底下。

郭德海設法盡快靠近對方，想看個究竟。

海羊一個轉彎，繞進舞台後方的帳棚休息區裡。

郭德海設法保持隱蔽但又不會被發現的距離，靜靜觀察。

這時，海羊拐進休息區一處角落，像是打招呼一樣，跟角落那人簡短交談幾句，然後小心地遞給對方一個精美金屬物。那人點了點頭回應他，互動自然，如同熟人。

郭德海眼珠子瞪大，他以爲自己看錯了。該物正是廖慶金隨身攜帶的精鋼匕首，居然被海羊隨手送給他人。

郭德海疑心頓起，想挪動一下位置，好看清對方究竟是誰。掀開休息區帳棚的一角看去，一瞬間以爲眼花了，甚至懷疑是否上次傷到腦袋造成了錯覺。揉了揉眼睛，重新再看，才肯定一切都是眞的。

與海羊有說有笑的，居然是一直聯繫不上的王昫裔。

郭德海腦袋亂糟糟的，就算王昫裔過去行事再怎麼誇張無規矩，都沒有像這次來得讓人驚訝。

「這傢伙到底想幹什麼？」郭德海嘴裡喃喃唸道，不安的感覺彷彿一團烏雲牢牢卡在胸口。

許多剛從外地來的民眾，從台中中港交流道往七期重劃區方向看，總是不免讚嘆高聳華麗燈光與新式建築構成的天際線，儼然成爲中部另一個新景色。

其中，新穎壯麗的市政府與市議會就位於不遠處，建築外觀以玻璃帷幕包覆，二棟建物下方鏤空，中央隔著百來公尺的新市政公園，放眼望去，氣象恢宏。

假日不少民眾會來此散步遊憩，甚至眾多大型活動也都選擇此地舉辦，跨年活動、園遊會、球賽轉播，甚至是時尚走秀，都曾利用該廣場進行。

本該是歡欣明快的場域，自從發生市長遇害後，氣氛凝重，就連空氣都有些沉滯。一群行人剛從附近街道步行而入，面容哀淒，應該是市長多年來的支持者，想趁最後的時刻，向愛戴的劉火憑市長表達追悼與敬意。

「轟轟——」

一台不合時宜的紅色改裝檔車從小巷弄呼嘯而過，像一把利刃劃破停滯厚重的灰暗空氣。

騎車的是一名年紀很輕的男子，染著金黃髮，沒戴安全帽。幾名年紀較長的行人看了不免搖頭，露出鄙視的眼神。機車後方載著另一名曼妙女子，頭頂著巧虎卡通圖樣的全罩安全帽，雖有些不自在，但視線直盯前方追思會現場，完全不把民眾的異樣目光放在眼底。

「虎崽，前面路口讓我下車！」阿雨指著一棵街樹，那邊距離會場，還有一小段路。

「不再往前一點嗎？」虎崽本想靠近一些，還有兩個街口，覺得奇怪，回頭問道，發現阿雨一臉嚴肅看著前方廣場。

「不用了，我怕靠太近會出事。」

「出事？」

「嗯，雖然現在才剛過酉時，但我感覺得出來，前面聚集了不少和我一樣的不亡人。」

虎崽不明白話中的意思，但他聽得懂不亡人，也知道阿雨這類像人但又非人的夥伴有太多神祕難解的祕密。在親眼見過阿雨夜間超人般的能力後，同時也見到白天時如同普通人的脆弱，不亡人究竟是敵是友，其實自己也不太清楚。

虎崽不多問，立刻靠邊停車。

「謝了。」阿雨跳下車，把安全帽扔給虎崽。「還有件事，想請你幫忙。」

「好啊，誰叫妳和煦哥都很挺我，能幫得上儘管開口！」

阿雨聽了很感激，但面對她接下來要說的內容，也有些憂慮：「去歌劇院牆邊，找一個刻有算盤圖案的地方，那裡是冤伸俱樂部，之前跟你見過面的威利就在那，他也是不亡人。」

「哇靠！難怪他知道這麼多……找到威利然後呢？」

阿雨幾經猶豫，最後仍壓低音量，靠到虎崽耳邊，說了段話。

虎崽渾身寒毛豎起，不敢置信。

「妳的意思是如果我沒辦好，在場的所有人，都得陪葬？這麼重要的事，妳現在才跟我說！」

今晚天黑得似乎特別快，就連夕陽也被烏雲掩蔽，僅剩一絲橘黃在天邊。

徐月承呆站在追思會舞台的角落，看著夕陽有些出神，他想起年輕時和王暮暮放學看夕陽的回憶，不知不覺，眼角竟有些濕潤。

這時，廣場聚集的人潮，再度把他拉回現實。打起精神，他知道自己距離成功，就只差幾個小時。

舞台前方聚集了不少追思的人群，他們手裡拿著蠟燭，像極了白色的花朵。做工精緻的白色蠟燭不僅是用來追思市長。

一旦活動開始，蠟燭一點燃，特製的燭芯在幾分鐘後，也將成爲足以致命的炸藥。屆時整個現場，將陷入一片地獄火海。光想像這個畫面，就讓徐月承心跳有些不自覺地加速。

眼前發放出去的數量，已經逼近三百個，排隊領取的人龍還在增加當中。

徐月承本來想坦白跟王煦裔說，但側臉瞥了他一眼，還是算了吧。這小鬼貌似辦事果決，不按章法，但他清楚王煦裔做事還是有底線，就算告知他此舉背後的目的，也不可能認同。

我不只要對廖慶金復仇，同時也要除掉所有不亡人鬼差！這世界的善惡，憑什麼交由他們來評斷？當年我沒做錯任何事，就被廖慶金和劉火憑謀殺死於山裡，爲何還要由這群墮落不堪的不亡人鬼差來判斷我是善是惡？

沒有人可以如此草率地評判我。徐月承在心中吶喊著。

當徐月承從山區甦醒，弄懂不亡人的規則後，他心中感到一陣迷茫。

過去他擔任刑警時，總是克盡職守，堅守本分，不敢違背任何一條法律，只因爲他必須擔任執法者，也是對長年來終於實現的夢想負責。而當他第一次進到冤伸俱樂部時，裡頭的墮落與邪惡，遠超過他過去見過的任何黑道堂口據點。

那簡直是把人類當玩物。他心想。

徐月承眼睛掃視舞台下方，那裡聚集了眾多人群，而其中有些人，看起來與一般民眾格格不入。

就算身處追思會，從他們眼中，看不見任何一絲不捨與悲傷，反倒是像一頭頭草原裡的獵豹，正不斷窺視周遭，他們正等待著，這一系列兇殺案的兇手，準備動手的那一刻。

他們都是聞訊而來的不亡人鬼差。

不是爲了阻止，而是爲了立功，等待廖慶金被殺害的那一刻，出手把兇手制伏。此時的廖慶金在不亡人眼中，彷彿僅僅是一個餌。

「還不夠多。」徐月承看了一眼台下的不亡人鬼差聚集情形，默唸說。

徐月承重返人間後，籌備已久，終於讓他想出一個可以向那四人報仇、又可以一次解決不亡人鬼差的計畫。

但他不能自己執行，這個計畫還欠缺一片關鍵的拼圖。

如果在此之前，讓不亡人鬼差盯上自己，那一切就毀了。

因此徐月承必須一邊向那四人復仇，一邊製造能被警方與不亡人鬼差懷疑的兇手，盡可能擴大這系列命案的影響力，並將命案元兇導向與他無關的人。

最初的倒楣鬼就是一心想致富、卻又心思單純的虎崽。

而劉火憑市長則是死在廖慶金手下。

徐月承早就調查清楚劉火憑和廖慶金之間有矛盾，二人都想爭權奪利，但又彼此忌憚他們是殺害自己的共犯。一旦有裂痕，只要稍加施之以利，就如紮根在水泥地的雜草樹根，下雨後，堅實地面很快就破裂開來。

他利用匿名的網路帳號找到廖慶金，一下子就讓貪婪的廖慶金上鉤。無論怎麼調查，都不會與徐月承有直接的牽扯。

而綠川與逢甲兩起命案的凶器，上頭有徐月承的指紋，除了是犯案者就是他之外，警方根本不會把一個死去的刑警當成兇嫌，更能讓劉火憑和廖慶金彼此顧忌，從而開啓這一連串縝密的計畫。

但徐月承卻怎麼都沒算到，當年如自己親弟弟的王煦裔，居然尋著線索找上門來，一路看穿了他前半段的計畫，這的確是始料未及的部分。

但幸好，王煦裔這些年從沒放棄找尋王暮暮死亡的眞相。

那份渴望復仇的執著，與自己不相上下。

在對他坦白之後，王煦喬便自願補上最關鍵的一塊拼圖。

市府廣場，天色逐漸暗下。

舞台上的燈光緩緩亮起。

燈光很柔和，僅能照射到部分人群。這是徐月承特別設計的，只為了方便接下來的行動。

他輕輕說道：「下半場，終於要開始了。」

26.

十六年前，某一週末，校慶園遊會。

那天早上，下了場大雨，空氣中帶著潮溼的泥土氣味。

一高一矮兩名學生模樣的男生，正快步跨過操場的水坑，轉過校舍，躲藏在圍牆後，頻頻回頭查看，視線之處隱約傳來喧鬧的聲音。

前方發出聲音的，共有五名中輟生。帶頭的人叫林凱，年紀雖不太大，但兇狠的模樣可不輸人，就連路過的成年人都繞路而行，深怕掃到這場無妄之災。

帶頭的少年林凱留著一頭厚重瀏海，這在當年可是非常流行的髮型。今日他領了一群跟班，要來跟前幾日欺侮他小弟的學生，討個說法。

聽說這兩人打跑了自己三名小弟，而且其中一人還只是小學六年級的小鬼，這讓林凱在地方感到十分沒面子，甚至傳到他校的對立勢力耳中，自己也不用混了。因此林凱特地打聽清楚，趁著今天學校有場園遊會活動，校外人士也可以進入的場合，混進學校，打算給對方一點顏色瞧瞧。

「阿月哥，你幹嘛一直拉著我，我就不相信對方也才多我們三個人，還會打輸他們！」

年僅十二歲的王煦裔發出尖銳不滿的聲音，一轉頭就想仿效那天在鹽酥雞攤子前，一次跟三名不良少年鬥毆的血性。

「煦裔！我都教過你幾次了，還這麼衝動，難怪暮暮對你這麼不放心！」徐月承滿臉無奈，雖佩服他的勇氣，還是訓誡了王煦裔一番。

「可是我們又不能一直躲著，下次這群不良少年如果又找來，只有你一個人怎麼辦？」王煦裔氣著說，看起來似乎還比較擔心徐月承的安危，完全忘記自己只是一個小學六年級的半大孩子。

這話惹得徐月承哭笑不得。他探出頭，仔細打量這群少年惡煞，腦袋快速擬了幾個方案。突然，徐月承眼神一緊，注意到林凱手臂上有不少零星燙傷的舊疤，似乎是高溫油炸造成的傷害，然後又看了幾名他帶來的跟班，也是如此。

「原來是這樣……」徐月承腦袋靈活，轉頭說道：「煦裔你先在這裡等，沒你的事，別出聲。」

「阿月哥，你不是要跟他們單挑吧？」王煦裔擔心說。

「當然不是，不是所有事情都得要用蠻力。」語畢，徐月承立刻走出圍牆邊，對著以林凱為首的小混混們說：「這裡是學校，不要吵吵鬧鬧的，好嗎？」

「幹！就是你！」其中一名當天挨揍的跟班，認出打跑他的徐月承，狠狠地罵道：「還有一個小鬼咧？我剛剛看到他跟著你一起跑，還不一起出來！」

「唉呦，你一個大哥哥，跟小學生計較什麼。」

「那更好！你現在要一個人擔就對了？我們兄弟幾個人的帳，看你一個人擔不擔得起來！」林凱突然爆粗口罵道，就準備朝他走來。

徐月承沒後退，似乎很有把握接下來的對話，換了個平緩語調繼續說：「這位同學，抱歉讓你的生意受影響，但我有辦法讓你業績更好，你覺得呢？」

這句沒頭沒尾的話，讓眾人一愣，就連躲在旁邊的王昫裔也不知道阿月哥到底想講什麼。

但這番話，卻意外讓領頭的林凱腳步一停，惡狠狠地罵：「幹恁娘咧！攤子都給砸了，臉也丟了，你說還有什麼辦法！」

原來，前幾天和王昫裔起衝突的，正是眼前在鹽酥雞攤顧店的三名中輟國中生。當時因為一點貪念，幾名國中生店員刻意找錯錢，想欺負年紀更小的王昫裔，卻被王昫裔一眼識破，因此爆發衝突。而帶頭的林凱雖然年紀也輕，但平時就是負責這攤的小老闆，為了讓這群中輟生有事做，不僅自己要搬食材備料，還得提防其他學校的不良少年也來他攤位找碴，已經煩得要死。

之前多少還有些他校的學生下課後會來吃東西，但自從被王昫裔和徐月承一鬧，攤子硬體設備弄亂了先不說，就連其他不良少年之間也在傳，他們這攤鹽酥雞不僅不老實，而且底下的小弟連國小生都打不贏，看來吃了他家的東西，手軟腳軟，都不用混了。才幾天的時間，生意頓時一落千丈。

林凱不知道對方是怎麼得知的，以爲徐月承又在取笑他，氣得牙癢癢，一拳就揮來。

「等等！我是眞的有辦法。」徐月承閃過他這一拳，急忙退了兩步，又說：「你們都知道今天是學校的園遊會對吧？我剛好是活動的負責人之一。明天還有一整天，更有其他學校的同學來參訪和表演，人一定很多。我可以讓你們用其中一個攤位做生意，怎麼樣？要不要試試？」

「到園遊會裡面擺攤？」林凱哪想得到會有這麼巨大的機會，試探性的詢問：「幹！要不要租金？你是不是又想耍我們？」

徐月承見他已經心動，露出自信笑容說：「一毛不收，而且我還可以幫忙叫其他班的人一起團購，只要你們做得夠好吃的話……」

幾句簡短的對話，對方終於氣消，不再持續動手。

甚至幾個國中生小弟一旁竊竊私語，覺得事情就是要來硬的，這樣才有好處，憑空得到一個做生意的機會。話才剛說完，立刻又遭林凱一陣爆罵，說要不是你們幾個不老實，我還需要出面幫你們討公道？

一場急迫的危機，就在徐月承精細的觀察力底下，推論出最合適的解方巧妙化解，連架都沒打，就結束了。

至於隔天鹽酥雞攤位的生意是否如預期的火紅，那又是一段後話了。

但這個難得的經驗，讓當年尚小、總想跟對方硬碰硬的王眗裔，有了巨大的啓發與改變。

「推理是最高明的復仇，如果你未來的目標跟我一樣，也想成爲一個厲害的刑警，那眗裔你最好從現在起多多練習。」

那年，徐月承高大聰明的形象，一直深深烙印在年幼的王眗裔心中。直到他自己也當上刑警，聽聞阿月哥死在槍下後，那個形象也一直沒變過……

今晚，市府廣場前。王眗裔站立在徐月承身旁，他不知道爲何，居然想起十六年前的這段往事。

王眗裔已經不是當年的半大孩子，如今和阿月哥比肩同高，就連刑警這條路，他也已走過一遍。不過自己是否眞的追上了他心目中的阿月哥，仍然是個問號。

但就在徐月承自白犯下這一連環兇案後，雖是爲了姊姊復仇，但王眗裔依稀能感覺到，阿月哥有些不一樣，好似有什麼瞞著自己。

「怎麼？太緊張了？還是……」徐月承轉頭看了他一眼，關切地問。彷彿這些年的消失，都不曾存在一樣，就連王眗裔都有些不習慣。

「我沒事。」

「那就好，先等等吧，廖慶金準備上台了，待會依計畫行事。」

王煦裔微微點頭。

在徐月承的計畫裡，廖慶金結束台上談話後，會走到舞台中央點亮燭火，追思民眾會依序傳遞火源點燃手中蠟燭。這時舞台燈會調至極暗，而廖慶金會在舞台側邊角落等待，這是他周邊無保全的最好時機。

王煦裔手裡按著廖慶金珍愛的匕首，這名角頭活動前刻意交給徐月承保管，免得上台後不愼顯露而出事。卻沒想到，居然會被用來當成刺殺自己的兇器，想想命運也是挺諷刺的。

本來王煦裔還在猶疑，但一握到這把匕首，腦海倏地閃過徐月承給他看的影帶畫面，想到王暮暮居然是因爲被欺凌而自殺身亡，一股怒氣又再度爆升。

這時，悠揚緩慢的音樂響起。

遠方角落，一個方臉男子表情仇苦又悲愴，直挺挺地走到追思會舞台中央，先朝底下眾人點頭致意。

「各位好朋友們，在開始之前，我想先謝謝各位前來，大家都辛苦了。」廖慶金穿著正式黑西裝彎腰鞠躬，語調略帶哭腔：「我是廖慶金，只是一名普通的市民，跟大家一樣，我們都經歷了人生中最黑暗的一天。沒有人可以想到，最敬愛的大家長，會碰到這種事情……

「在這邊，請容許我稱呼劉市長爲大哥……各位可能不知道，我與火憑大哥從十幾歲就逗陣打拼，他對我的提拔和幫助非常多，可以說，我這幾年，如果對地方有任何貢獻，那都是火憑大哥的功勞，小弟我僅僅是一個堅持大哥教導的執行者。而今天，我們很沉重的得知，市長已經離我們而去，這座偉大的城市，頓失領導者，實在令人感傷……」

廖慶金語調越講越悲，台下竟有些支持者開始啜泣。

「但是，我們不能被打倒！我們要繼續前進！除了督促警方找出眞兇，還給市長一個公道，我們也要替之前死去的被害者感到遺憾。而我，會繼續打拼！堅持市長交付給我的任務，不是爲了我個人，而是爲了大家努力……我相信，這是大哥在天上，渴望看到的……」廖慶金手握拳，仰頭望向遠方天空，眼眶含淚。

王煦裔在一旁，幾乎看傻了眼。他不知道廖慶金這番講稿到底演練過幾遍，就連淚水也那麼恰到好處地滿溢。但知情的人一聽，話裡提到的被害者，就是同樣與他結拜相熟的罐頭和紅龍，廖慶金就只簡單帶過，絲毫未提四人的關係，只因這兩人前科不少，話說多了，反倒讓人起疑。

有利用價值的，就算死了還是兄弟。對比沒有價值的，只剩回憶而已。

王煦裔心中，頓時又對這人多了厭惡之心，原本對他喪女僅存的同情豁然消失。

廖慶金在台上又簡短細數了與劉火憑的過往後，雙手點燃一根蠟燭，傳遞至台下，便獨自靠到舞台一側。

這時音樂又再度響起，燈光暗下。

群眾逐一從廖慶金傳下的火苗，一一點亮自己手中的白色蠟燭，彷彿黑暗中的骨牌，數量由十至百，點點火光依序蔓延而開，搭配音樂，如同一場精心設計的大型演出。

「昫裔，你只有一分鐘！做完立刻下來，必須在蠟燭點燃到最後一排之前，就要撤離這裡！」徐月承沉聲說道，雖然沒有對王昫裔告知蠟燭的祕密，但爲了確保他們能即時脫離，早已估算好撤離時間。

「知道了。」王昫裔趁著黑暗，已將口袋裡的匕首持在手上，翻身躍上舞台，直朝角落的廖慶金走去。

站在台上一眼望去，在微弱燭光的照射下，很清楚台下的一舉一動，但舞台反倒是一片黑，給了王昫裔很大的移動空間。此時，大部分的群眾都只顧著看好蠟燭不被風吹滅，並沒有把注意力放到舞台。

但有一群人，點燃蠟燭後，沒有太大興趣觀賞。他們是不亡人鬼差，一直在等待兇嫌出手犯案，忽然間，注意到了王昫裔，起初只覺得奇怪，以爲是工作人員之類的，但下一刻，瞬間感應到他身上帶有微微不亡人的氣息。明明是個活人，身上卻帶著一股強烈殺氣，筆直朝廖慶金走去，不亡人鬼差宛如發現獵物，紛紛騷動起來。

王煦裔並不知道底下的變化爲何，眼裡只有單獨在角落的廖慶金。他心裡倒數阿月哥再三交代的時間。

還有三十秒。

很快地，來到廖慶金身後，僅距離他一個跨步就可觸及。

王煦裔背後鋒利的匕首閃著寒光，又朝他移動了一小步，然後反手亮出匕首，對準了廖慶金的左側背脊，一刀刺下後，將直取心臟，就像另外三名結拜兄弟那樣的死法。

徐月承在一旁看著，內心激動，臉部肌肉有點顫抖，心想，最後一名要除掉的人，最後死在王暮暮的親弟手下，這劇本就連自己當初也沒設想到，滿意地露出笑容。

又間隔了三秒鐘左右，徐月承發現事情有些不對勁！王煦裔嘴角正微微動著，似乎正對著廖慶金說些什麼，但自己卻礙於台下眾多的不亡人鬼差正盯著事情發生，無法上台弄清楚。

還有十秒。

這一刀依然抵在廖慶金背後，沒刺下。

徐月承有點氣惱，他不知道王昫裔到底想幹什麼，這將危及到後續所有計畫，更有可能把王昫裔和他的生命一起陪葬進去。

突然間，有一個尖銳的女聲從台下另一側驚叫：「王昫裔！不可以——」

徐月承大驚，順著聲音的方位看去，赫然見到被他關在廢棄古董店地下倉庫的不亡人阿雨！

「她怎麼會在這裡！」徐月承腦中閃過無數原因，但就是猜不透爲何中了藥劑後，還能逃出控制？徐月承本來顧忌阿雨和王昫裔的關係，因此特別把她控制起來。一方面支開王昫裔身邊的不亡人；另一方面，只要阿雨存活，也可在事後得到王昫裔的諒解，畢竟等時機來臨後，眾多不亡人鬼差將灰飛湮滅。

還有五秒。

徐月承不自主往後踏一步。他本已計算好，時間一到，還有大概三十秒的時間可供他們哥倆逃離，但現在任務尚未完成，快速思索，他做出了決定。

把預留逃命的三十秒算進去，最多可再爭取十秒執行任務！

但他得靠自己出手，如果跑得快些，可能只會被爆炸的震波波及，應該不致於危及性命……

碰——！轟轟——！

一股強烈的震波近距離從徐月承左側襲來，將他狠狠帶向空中，重摔到舞台木製背板，撞裂一個凹洞。

空氣中，伴隨著火藥與燃燒後的刺鼻煙味，嘴裡還帶著陣陣血腥。怎麼回事？難道時間算錯了？緊接著，又是連續幾道小範圍的爆炸，逐漸蔓延而開，轟隆炸裂聲，不絕於耳，有多少憑弔追思用的白色蠟燭，就有多少次爆炸。濃烈的煙塵和著火的碎片飄蕩在半空，場面淒慘無比。就算是在場經歷過生死關頭的不亡人們，都再度回憶起多年前自己身故時的恐懼回憶。

炸藥提早引爆了？徐月承艱難地起身，腦袋嗡嗡作響，他感覺全身都在劇痛，而且使不上力，面對突發的災難，虛弱得彷彿就像個普通人。

但令人意外的，他卻詭異地笑了。

徐月承從自己的傷勢可知，時間還沒過酉時。

代表此時的不亡人鬼差，尚未完全進入夜晚時分的狀態。台下的不亡人鬼差們，基本上跟普通人沒什麼差異，在此連續爆炸之下，很難存活。

徐月承收斂思緒，心想這樣也好，只是順序稍微顛倒。這下子，他可以好好來跟欺凌他女友的兇手敘舊一番。此外，他也要弄清楚，王晌裔這位小老弟，到底想搞些什麼花樣。

27.

「怎麼回事!?」在火光閃現的那一瞬間，郭德海以為出現了第二位除了海羊之外的兇手。

他原本一路尾隨海羊和王煦裔，本覺得二人互動詭異，但又不相信王煦裔有事先跟海羊串通好的可能，正覺得困惑時，意外便發生了。

廣場前，先是靠近舞台左側的區域，率先炸出火光，衝擊力雖然不是很大，但接二連三，像是煙火連續不斷。由於郭德海為了監視海羊，不敢靠得太近，恰好避開第一波的爆炸，卻也讓他驚愕不已。

等到空氣中傳來濃厚的燒灼味與血液混合的味道，他知道事情大條了！

但郭德海也注意到，原本站立在舞台側邊的海羊，居然被第一波爆炸給震到台上，看他身上也帶傷，這一定是有什麼地方出錯。

原本沉重寧靜的追思會，人群頓時亂成一團，呼喊哀號聲四起。

郭德海畢竟平時在隊上歷練也久了，慌張的情緒僅有一下子，立刻評估起現場環境，發現爆炸的源頭，竟然是追思會上用的白色蠟燭。

不幸中的大幸，或許是有炸藥提早引爆，導致群眾倉皇逃竄，根本顧不得自己手上的燭火，隨手一扔熄滅了大半。見這情勢，如果在場每根蠟燭都是一個小型炸藥，真正引爆的數量恐怕不到十分之一。

但因為人群密集，造成的傷亡就已是難以估計的慘烈。若真的全都引爆，恐怕在場沒有一個人可以活著離開，郭德海光想到這，一滴冷汗就從額頭滑落。

此時腰際的無線電爆出雜訊，不知道已經呼叫了多久，聽得出是隊長的聲音：

『……阿海！……阿海，有沒有聽到……』

郭德海一聽見，趕緊回應：「隊長！」

『幹！終於回應了！還以為你掛了。』柯憲在另一頭罵道，但聽得出鬆了口氣。

「隊長你那邊怎麼樣？」

『咳……剛剛救了幾名傷者，情況不是很好，可能撐不了太久……』隊長的對話有些斷斷續續，聽得出他自己也受了傷，講沒幾句就有點吃力。

而幾處落在地面的蠟燭尚未熄滅，時間一到，又爆出幾道火光。

面對如同戰地，處處皆是險境的追思會場，郭德海幾人都曾接受過緊急救護的訓練，現場已達到大量傷患的規模。除了確保現場安全外，若有救護員在場，必須盡快啟動檢傷分類，將危急的傷者立即後送就醫。

由於郭德海人處的位置在後台休息區附近，這裡受波及的情況較輕，當下立刻抓了幾個年輕小伙子過來協助，運氣不錯，恰好裡頭就有醫療相關背景的人。郭德海交代幾句後，又和隊長確認一下他目前的位置，準備先動身去往柯憲那邊會合。

這時眼角餘光瞥到舞台上，他依稀記得，王昫裔在爆炸當時正摸黑上台，雖然不曉得他想幹嘛，但看王昫裔接過徐月承那把匕首的畫面，憂慮感一直在他心頭縈繞不去。

「奇怪，人呢？」郭德海望著空無一人、散亂著倒塌木架背板的舞台，周圍還有些燃燒到一半的木條，但就是沒見到王昫裔，就連方才正在慷慨演講的廖慶金，也不知道去了哪裡。

才幾秒鐘的時間，爲何就不見人影？郭德海沒有答案，不過他肯定，王昫裔一定藏著什麼祕密。

在連續多起爆炸過後，廣場上倒臥著許多受傷的人群。很多人都被爆炸灼傷，但詭異的是，造成嚴重死傷的個案大都集中在舞台前排周邊，其餘民眾僅是輕傷居多。

但話雖如此，並不是每個人都如此幸運。

在醫護人員紛紛趕至現場後，發現有多名接近舞台邊的傷患，有男有女，已經沒了氣息。但很奇怪的，這群人身上沒有任何證件，就連穿著打扮也與一般民眾有點不同，好像與現代社會無法融入，但既然已經罹難，就無法放著不管，被許多熱心民眾小心地放置在一邊，等待後送。

如果鑑識人員採集指紋後，恐怕會更為震驚。這些死去的都是不亡人鬼差，年代久遠一點的，只怕沒有指紋資料，而稍微資淺一些的，會令警方更為頭疼，畢竟一查身分都是已死多年的人們，已經可以想見警方收到報告後，滿臉詫異的表情。

雖然情況詭譎，不亡人鬼差死傷眾多，但這些都不是王煦裔目前最在意的事情。又或者說，在第一起炸藥意外引爆前，王煦裔正處於一連串變化震驚之中。

他隱約聽見阿雨的聲音，這代表對方成功逃脫徐月承的控制，但他還來不及反應，準備尋找阿雨的身影，爆炸就接著出現了。

他只有一個選擇，先把廖慶金先帶離現場。

此刻，王煦裔一手架著廖慶金，尖銳的刀刃抵著他背後要害，二人正遠離混亂不堪的追思會現場，在鄰近公園的走道急行。

他們的目的地，就是位於附近的土地公廟，恰好就位在市府廣場周圍徒步可達的距離，而此刻眾人的注意力皆被不時發出爆裂聲的廣場吸引，根本沒人會注意到有二人正朝著另一頭廟宇移動。

王煦裔沉著臉龐，壓住驚呼不斷的廖慶金。

幾分鐘前，廖慶金才被突然衝上台的王煦裔用自己珍愛的匕首威脅，還沒搞清楚這是什麼情況，又對火光四濺的追思會驚愕不已。他並不曉得剛才的爆炸是針對不亡人鬼差，心裡只覺得是朝他而來，就算過去的氣燄再囂張，面臨此慘狀，也得乖乖服軟，任憑王煦喬拖著走。

王煦喬不是不想立刻替姊姊王暮暮報仇，那影帶裡殘忍到令人髮指的凌虐畫面，一切都是如此眞實，就算經過了這麼多年，王煦喬有十足理由把他一刀捅死。

但他腦中，有件事疑惑不解，必須直接詢問四人中僅存的廖慶金。

原因出自那卷名爲《推理別在我死後》的錄影帶。

王煦喬認出寫有影帶名稱的手寫字，是王暮暮的字跡。但細看之後，發現並非每個字都是出自她手，僅有「推理別」三字是王暮暮所寫，其他四字「在我死後」則是別人字跡。而且奇怪的地方在於，這七字的順序組合似乎有被重新挪動的痕跡殘留，是另外用多張白紙寫字貼上拼湊而成。

這個細微的發現，並不影響廖慶金等人實際犯下的惡行，做了就是做了，況且還有影帶爲證，完全不容任何理由開脫。但此細小古怪卻被王煦喬默默記在心裡，直到他在台上和廖慶金求證後，得知當年這四字就是廖慶金的字跡，原始的影片名稱爲《在我死後》。

就連廖慶金自己，也不明白爲何好端端的影帶名稱會被變造。

說也奇怪，這個可有可無、幾乎無關緊要的線索，竟讓王煦喬臨時改變主意。

本該替姊姊復仇的王煦裔，在間隔十六年之後，忽然強烈地感覺到這段變造後的影帶名稱，代表了一段話，踏上絕路的王暮暮試著想傳遞某種訊息。

而此訊息，外人絕對不可能得知其內容。

他驚覺，在那麼一剎那，差點就違背了王暮暮用生命告訴他們的本意。

推理是最高明的復仇。

這句阿月哥當年常掛在嘴邊的話，王煦裔也從姊姊那邊聽過不少遍，而她去世之前竟利用這段話，寫成一道僅有他們倆才看得懂的謎語。

若是如此，《推理別在我死後》，就可解讀爲……

復仇別在我死後。

這代表王暮暮寧願犧牲自己，也要勸阻徐月承對廖慶金等四人復仇？

但爲什麼？明明這幾人，對她做了如此過分的舉動，甚至還導致王暮暮跳樓自盡。王煦裔心裡先是憤怒，接著又是困惑。

若王煦裔想得沒錯，依阿月哥的犀利眼光，他應該也發現了，但阿月哥爲何還要說服自己去殺掉廖慶金？這豈不是擺明違背王暮暮的遺願嗎？甚至鑵頭與紅龍皆親手死在他手中。除此之外，王煦裔對劉火憑市長是否為廖慶金一人獨自殺死感到疑惑。在市長的命案當中，阿月哥眞是無辜的？

王煦裔瞥了狼狽的廖慶金一眼，原本差點死在自己手中的大角頭，此刻顯得有些驚慌，但嘴上仍不示弱罵道：「喂！你不是警察嗎？你知不知道我到底是誰？為何一直來壞我事情？再沒多久就要選舉了，等恁爸選上你就知道……」

廖慶金兇狠地扭頭罵道，想起今晚的活動如果一切順利，順勢可以把他推向事業巔峰，卻突然蹦出一連串出乎意料的事件，直覺所有的意外都是這名刑警在搞鬼。

王煦裔捕捉到這名角頭話裡的意思，原本壓下去的殺意差點又發作，沒有開罵，反而笑道：「我叫王煦裔，還記得十六年前被你們欺負過而跳樓自殺的女學生王暮暮嗎？她是我親姊。喔，還有，我早就不是刑警了，別拿那套來壓我。」

廖慶金臉一陣綠，他沒想到，原以為除掉那名糾纏不休的徐月承刑警和共謀的劉火憑後，竟然還有其餘人知道這件事，一口氣卡在喉嚨，震驚得說不出話來。

過了數秒，廖慶金恢復冷靜才想起，除掉劉火憑之後，神祕雇主將匯給他一大筆的後酬，略作思忖，金錢與權勢是他最有利的武器，立刻換了個語氣又說：「如果你不是警察，那好談！我有的是錢，我看你這人也機伶，要不然跟我如何？」

王煦裔本已不想傷人，但這番話幾乎讓他差點失控，抵在他背後的刀刃一出力，瞬間把他後背肌肉刺出一個血洞，陰森道：「少來跟我玩這套，我恨不得再用點力，這樣什麼事都解決了。」

廖慶金過去沒遇過像他這類的頑固傢伙，也是第一次被自己珍藏的匕首捅出一個深洞，痛到牙咬得血絲亂冒，不解問：「幹！那你到底想要什麼？」

面對權勢者，如果普通人無所求，那麼兩者之間其實並沒有太過巨大的差別。可惜廖慶金尚未明白這層道理，只是不停地利誘開條件。

王煦裔兇狠地看他一眼，這時他們已經來到土地公廟內。

位在福德祠範圍裡，有三棵百年大榕樹，枝椏茂密，將土地公廟包圍其中，宛如天然形成的屏障。

這裡是王煦裔幼時常跟著姊姊來參拜的地方，儘管他成年後，選擇不信鬼神之說，但他仍時常來此地膜拜。

王煦裔對著廖慶金一按，將他用力放倒，跪在正後方的大榕樹前。幾乎趴倒在地的廖慶金本想罵人，卻赫然發現，隱藏在榕樹下方的角落，被人恭敬安放著一個硬幣大小的護身符，邊緣刻著「暮」字。

沒有人知道，不信鬼神的王煦裔，居然在此安放了一個隱蔽的牌位。

「把你們幾個過去曾對我姊幹過的事，一五一十地說了。另外，給我發自內心

地好好道個歉。」王昀裔明明是在對著廖慶金說，但眼神卻又盯著一側角落陰暗

處，似乎在問道：「這樣的處理方式，可以嗎？」

廖慶金不知道他在跟誰說話，一臉茫然。

這時，從黑暗裡，走出一名高瘦的疤臉男子。

正是徐月承。

徐月承不發一語，凝視著眼前二人，原來王昫裔早就知道自己一直尾隨在他們身後。

28.

遠方的夕陽幾乎已經完全西沉，僅留下一絲昏黃餘光尚未落幕。

鄰近街區呼嘯而過的救護車，不停閃爍著亮紅色警示燈，伴隨來回奔走的民眾人影映照在牆上，打從新的市府落成以來，從未遭受如此劇烈的災難。

而本該是寧靜的福德祠，還可聽見市府廣場那頭傳來的慘烈哀號。

牆角暗處走出一人，正是今晚這一切慘劇的始作俑者。

「海羊？」

廖慶金大喜過望，本以爲又會出現什麼惡煞，發現是名熟人，而且又是自己的貼身保全，興奮地要從地上爬起，動作才做到一半，又被一旁的王煦裔用力按了回去。

廖慶金哪能忍受這種屈辱，手下都來了，當然更不可能乖乖就範，兇惡的表情才剛顯露，發現對面的海羊一動也不動，眼神比王煦裔還要冰冷。

廖慶金雖然行事魯莽草根，但人並不笨，尤其擅長判斷情勢對自身是否有利。

他忽然想起追思會前把匕首交給了海羊，但此刻居然跑到王煦裔手中，反被拿來控制自己。

此外，會場活動居然出現連續爆炸，這規模絕對不是臨時起意，而是從頭到尾都有參與規劃的人，才有辦法安排至此的程度。想到這裡，廖慶金再次側臉看了海羊一眼，心頭一緊，頓時明白情況。

「你到底是誰？為什麼要這樣做？」廖慶金滿是怨恨的表情，臉部肌肉抽動，過去只有他暗算別人，從來沒想到會被敵人躲藏在身邊這麼久。

這名深受角頭老大信任的貼身保全，緩緩走到他的老闆面前蹲下，什麼都沒說。

默默掀開自己耳邊太陽穴的頭髮，是一道怵目驚心的槍傷疤痕，傷口已經凝固不再出血，沒有人可以挨了這一槍存活。

「還記得嗎？三年前，你在山上突然給我來這一下，就成了這副模樣。我一直以為那天來的會是劉火憑，誰能想到居然是你……需不需要我說得詳細一點？」他在太陽穴耳邊，比出一個開槍的手勢。

「不……不可能！」廖慶金眼睛瞪大，他過去犯案總習慣用刀，唯獨這件被劉火憑要求用槍，目的確保萬無一失，因此他印象特別深刻，失聲叫道：「你早就死了！這絕對不可能！」

廖慶金此刻近距離觀看身邊的保全海羊，忽然把海羊與當年死在他手下的刑警連結，雖然差異極大，但錯不了，輪廓的確是徐月承！他本以為只是相似而已，沒想到根本就是同一人。

在他意識到後，身體瞬間彷彿浸入寒冰之中。廖慶金當然不能理解不亡人的存在，僅能朝自己沒確認徐月承死透這個要命失誤思考。況且因為暗殺刑警這件不可告人的往事，就是促成廖慶金殺害劉火憑的最大因素之一，沒想到市長都死了，但徐月承刑警竟然又出現在他眼前，一切又繞回原點。

廖慶金頓時感到一陣暈眩，突然意識到，自己就像別人掌心裡的玩物，費了這麼多心思，還死了自己最大的靠山劉火憑，什麼都沒得到。

但廖慶金生來就不是那種乖乖任人擺佈的傢伙，他雖然經營地下賭場有聲有色，卻不好賭，只因他喜歡所有事情都在自己牢牢掌握中的感覺，他能爬到今日的位置，絕對不是靠運氣。

他隱約察覺，眼前這兩人雖然不善，但二人間似乎有矛盾。

有矛盾就有破口。

「你姊不是我害的！都是劉火憑叫我們幾個對她下手，你也知道市長年紀比較大，當年非常強勢，我們幾個小的怎麼敢不聽他的話！」

廖慶金本來趴在地上，忽然一轉身，抓起王煦裔的褲管，不停說著。而這話也是事實，因此說起來底氣十足。他知道自己當年殺過徐月承，雖不知道他怎麼還活著，但求他是不可能的，不如朝這個看起來比較年輕的王煦裔下手，或許還有轉圜的餘地。

「老大叫你去欺負人，你就去？」王煦裔冷冷地回道。

「當年我們幾個沒得選，換作是你，如果有人故意陷害你殺人，你會不會想報復他？」廖慶金說到殺人二字時，眼神還飄向牆邊的徐月承，擺明是在說古董店房東老鼠的棄屍事件。

當徐月承聽見後，臉頰微微抽動了一下，表情冷峻，依舊看不出在想什麼。

廖慶金又繼續說道：「那時候我們其實是想找徐月承算帳，畢竟他才是陷害我們幾個兄弟的元兇，但你姊也出現在現場，所以劉火憑打算先從好處理的下手，我們是眞的沒打算害死她，誰叫她一直都不肯叫徐月承出來面對，只好越做越過分，不過到最後，她好像打算一個人擔……」

王煦裔聽到這裡，頓時把線索拼湊起來。

原來王暮暮當年是爲了袒護徐月承，因此不管這群流氓怎麼逼迫欺凌她，都不肯讓阿月哥出來面對。王煦裔十分理解姊姊的舉動，她的確是一個會爲了自己愛的人，袒護他人犧牲自己的傻女生。

即便所有人都不相信她會殺人，她也會爲了守護身邊的人，而承認自己不可能做的事。

「爲什麼會這樣……」王煦裔語調感慨，終於弄懂當年王暮暮自盡的原委。這些年的刑警歷練，告訴自己像他們這種少年流氓，碰上無端被陷害的事情，會去尋求報復，其實並不少見。因此廖慶金說的這番話，可信度不低。

「不用跟他多說了，煦裔，是他害死了暮暮！其他三人都得到該有的懲罰，現在只差廖慶金了！所有的事情，從他們而起，現在也要讓他付出代價！」徐月承的聲音從低沉變得狂暴，眼珠子瞬間佈滿血絲。

王煦裔盯著跪在地上的廖慶金，抵在他脖子邊的匕首，只要稍微用力，就可輕易劃破動脈奪走他的性命。王煦裔不是沒想過這樣做，但這眞的是他要的嗎？眼前榕樹下，刻有王暮暮名字的護身符被風吹得晃動，疾駛而過的救護車警示燈反光照射在上頭，一閃一閃地。

本該是掛在王暮暮身上的護身符，竟成爲憑弔用的象徵物，王煦裔在弄懂這一切原委後，心中悵然。當年他選擇成爲刑警，除了追隨阿月哥的腳步，另一目的就是尋找姊姊自殺的眞相，而如今謎底解開，兇嫌就在他腳邊任憑處置，卻沒有任何欣慰的感受。

王煦裔低頭哼道：「廖慶金，我剛剛說了，給我發自內心好好道個歉，你當我講講而已？」

廖慶金一聽大喜，知道事情應該有解，趕緊轉過頭，朝護身符重重磕了三個響頭，喃喃道：「王小姐，對不起……對不起……我們做錯了！」

這人見風轉舵、能屈能伸的能力實在一流，完全看不出是剛才在台上致詞的立委候選人。

「阿月哥，我看這件事，就交給警方處理吧，畢竟他還牽扯了市長命案。」

「……」

「怎麼了？」

「晌裔，你當眞不幫暮暮報仇了？」徐月承站在陰影處，面色古怪，他以爲刻意留給手刃元兇的機會給王晌裔，可以讓王晌裔從這十多年苦苦追尋裡解脫，但看來，是他自己想多了，不免有些失望，朝前跨了幾步：「還是要我幫你一把？」

王晌裔一驚，擋住去路：「阿月哥！你要做什麼？」

「動手！」徐月承伸手抓向王晌裔。

王晌裔本以爲自己絕不是不亡人的對手，反手一推，出手沒有保留，也只是希望稍加阻攔，卻沒想到一手就把阿月哥推開好幾步。下一刻，他才意識到，此時尚未完全進入夜晚，現在的不亡人其實就跟普通人一樣。

徐月承怒極，他把王晌裔當自己親弟看待，爲了王暮暮，他可以連命都不要，就算死在山上也只能怪自己太過輕忽，但他無法忍受本該是同一陣線的王晌裔背叛自己。

即便是王暮暮的弟弟，也不容任何一絲異心。

王煦裔夾在二人中間，對徐月承的反應有些意外。他印象中的阿月哥，應該是對人和善，雖然有時嚴厲一點，但不曾像今日這樣步步進逼。可是面對如此難堪的局面，王煦裔也有自己的堅持。他選擇相信王暮暮用生命傳遞下的訊息——不要復仇。

二人僵持一陣，誰也不肯退讓。忽然間，有個聲音打破僵局：「王煦裔，你這個笨蛋！你可知道爲什麼徐月承一直都不肯自己動手？」

王煦裔一愣，往聲音的方向看去，驚呼：「阿雨！」

不亡人阿雨站在福德祠高處，俯瞰著他們幾人，身上白襯衫被爆炸點燃的火光燒穿了好幾處，露出手臂淨白的肌膚，但她似乎不以爲意。

徐月承抬頭看著她，也是眉頭一緊，卻不曉得是因爲見到阿雨的出現，還是她剛剛突然插進來的一段話。

「我留妳一命，但妳卻不珍惜。」徐月承冷漠對阿雨說。

「是嗎？看起來你剛剛眞的想殺光所有不亡人鬼差啊……」阿雨躍下平台高處，眼神直盯著徐月承不放，似乎對他剛才的話不當一回事：「對於新任不亡人來說，能把我困住，你還是第一個，只是手段骯髒了點。」

王煦裔不久前才在追思會現場聽見阿雨的叫喊，沒多久就發生爆炸，一直很掛心她的安危，趕緊湊到阿雨身旁關切問：「妳沒事吧？怎麼會出現在這裡？」

「說來話長，是你那個小跟班虎崽救了我，倒是你差點就中他的圈套了。」

「怎麼回事？」

「還記得我曾提過不亡人鬼差的工作嗎？你不是一直認為陰間的判決，其實也不比人間好到哪去，雖然不想承認，但你說得沒錯。你想想要是真的讓你動手宰了廖慶金，不亡人鬼差會怎麼看？」

王煦裔一聽，頓時明白了大概。

結合今晚這場針對不亡人鬼差的大規模滅殺計畫，以及阿月哥不停催促他下手的舉動，阿雨話裡意思明顯不過。

徐月承為了替王暮暮復仇，因此籌劃了殺害罐頭、紅龍、劉火憑，以及廖慶金的計畫。手法參考當年影帶裡編造的故事，營造了一個連續殺人兇手，但每次都把兇嫌導向他人，起初是虎崽，爾後是這名大角頭，現在又要藉著他的手，殺害最後一名目標廖慶金。

這群隱藏在暗處的不亡人鬼差，哪管是誰叫唆殺人，他們只看表淺的證據進行善惡的評斷，如此一來，便成為有心人利用的漏洞。

徐月承藉著一環接著一環的計謀，不僅向四人報了仇，也把成為不亡人後徒增的殺孽犯行推得一乾二淨，直到唆使王煦裔手刃廖慶金，這一切計畫將完美告終。

爲求保險，甚至不惜大規模聚集不亡人鬼差到現場，一次殲滅，正因爲鬼差不僅負責觀察新任不亡人，也負責評價凡人善惡，就算被人追查爆炸眞兇，此追思會舉辦者是廖慶金，很難直接與徐月承相連。

在這第二層的計畫中，說不定負責暗中觀察徐月承的不亡人鬼差都死了，他也能實現永存人間的目標。

命已絕，卻不該死。生前作爲無法定善惡，死後判官也沒轍，只好化爲不亡人。王煦裔想起阿雨曾說過的話。

「不好好利用剩餘在人間的日子，特地籌劃了這麼大一場計謀，恐怕古今你還是第一人。」阿雨緩緩說道，語氣雖是責備徐月承，但裡頭更多是對不亡人鬼差長年墮落失職的不屑與失望。

「她說的都是眞的？」王煦裔在想通一切後，眼神恢復過去任職時的精悍，直盯著徐月承不放，手裡的匕首也從廖慶金旁收起。

「看來我唯一的失策，還是太過心軟。我是眞心想把阿雨留著陪你，畢竟失去重要的人，實在太痛。」徐月承見計謀被拆穿，此刻毫不隱藏，面容多了悽苦之色，對著阿雨好像換了個人：「早知道如此，當初妳應該跟著那群不亡人，死在追思會裡，省得我和煦裔兄弟倆這麼早翻臉，多尷尬。」

倒是這番話引起阿雨臉頰短暫幾秒的泛紅，又羞又怒。

王昫裔沒想過，阿月哥竟然只把他當成背鍋用的棋子，內心苦笑，接著是更多的憤怒。的確，如果不亡人的規則是如此，那對於擅長剖析籌劃的徐月承來說，則處處皆是漏洞。

不過，多年的交情，還是讓王昫裔忍不下心翻臉，再度勸道：「阿月哥，我不管你在玩什麼計謀，但我剛剛在台上，挖出廖慶金這傢伙一個祕密，足以定罪，你給我一點時間，就連他當年殺你的案子都可——」

「我在法律上，早就是個死人，是個不該存在的人了，對我來說有何區別？」

「可是殺你的人，可以得到該有的懲罰……」

「閉嘴！昫裔，你當我還是第一天當警察嗎？我們辦過這麼多案子，有多少件加害者，受到的懲罰足以彌補失去重要的人的傷痛？我想沒有吧。」

徐月承這番話，讓王昫裔不知該如何回應，但總覺得事情不該如此處理。

「當我把那支匕首交到你手中時，你就成為我的計畫最後一塊拼圖，但我沒料到你連替暮暮報仇的勇氣都沒有。」徐月承苦笑出聲：「既然你們都知道我想做什麼了，更不可能讓你們走，否則那麼多不亡人鬼差豈不是白死了。」

此刻，王昫裔終於死心，他登時明白，眼前的人，再也不是他熟悉追隨的那個人。既然阿月哥選擇利用他當成脫罪復仇的對象，那自己也不再需要顧及舊日情誼，該怎麼處理，就怎麼辦。

「阿雨，新任不亡人如果犯法，你們都怎麼做？」王昫裔低聲問。

「由發現的不亡人鬼差帶至議事堂，最重可直接剝奪肉身，亡靈直墮地府，但現在議事堂都改叫冤伸俱樂部了……」

阿雨嘆口氣，想必這套規矩隨著不亡人的怠惰，也已荒廢多年。

「我來幫妳吧，反正還有點時間，應該幫得上忙。」王昫裔指著快消失的夕陽，忽然覺得不當刑警後繞了一圈，還是在幹刑警的工作，命運有時就是這樣。

阿雨立刻意會過來，還有短暫的空檔才會入夜，此刻二對一，贏面較大！

王昫裔先把晾在一旁的廖慶金按壓在地，附耳陰陰說：「你都聽到了對吧？他倆都不是正常人，如果不乖點，我不知道會發生什麼事。」

廖慶金雖久混江湖，見王昫裔發起狠來的兇勁，仍不免起了雞皮疙瘩，那是豁出去要跟人拼命的眼神，趕緊猛點頭。今晚對他最大的利益，是活著離開這裡。

廖慶金才想說些什麼表示遵從，就看二人已經朝徐月承一左一右衝過去，搶先在他之前發動攻勢。

阿雨本來還有點擔心王昫裔是否能應付這場戰鬥，但看他的動作敏捷，攻勢凌厲，竟有些意外。她並不曉得，王昫裔過去在學校可是柔道隊的要角，本身也具有黑帶三段的實力，只是他個性不愛顯擺，過去在抓捕人犯時，一開始總是吊兒啷噹不在意的模樣，卻能瞬間轉換，兇惡的模樣連郭德海都有些畏懼。

王煦裔沒有保留地戰鬥，不停設法破壞徐月承的平衡，他沒想過自己居然有一天還能再次見到死去的阿月哥，更沒料到會需要拼盡全力跟他相搏，沒人可以體會他的複雜心情。

和徐月承不同的是，王煦裔每招雖猛烈卻留有一絲餘地，並非處處朝要害奪命，只求盡快制伏對方。但這心態卻讓徐月承看在眼底，居然漸漸連防守都懶了，直取王煦裔脖頸等致命處攻擊，讓王煦裔一時之間落於下風。

此刻阿雨幫不上太多忙，只能在旁找機會出手，她還沒完全恢復不亡人的能力，體能也還沒從這陣子的折騰中復原，因此在對抗上不是眼前二人的對手，好幾次被掃到，雙臂隱隱作痛。

必須得盡快！阿雨在心中暗說，除了怕王煦裔受傷，自己的速度也有些跟不上，更擔憂一入夜，徐月承除了自己之外，便無人可抗衡。三人纏鬥一陣，各有優劣，難以分出勝負。

時間一拖長，王煦裔也有些急了，想起自己腰際口袋還插了那把廖慶金的匕首，心一橫，什麼情誼都顧不得了，先把徐月承拿下再說！

右手朝口袋摸去，忽然一愣。

匕首呢？

「你還是跟以前一樣單純，總是很好猜測你的下一步。」

徐月承陰森地笑道，那把本該在王煦裔腰際口袋的金鋼匕首，此刻正在他手中閃著寒光。

「你……」王煦裔吃驚，不知道什麼時候被偷去。現在對方手中多了刀械，情況更趨於劣勢。

「其實，我眞的沒想過對你出手，明明可以不管這件事，但煦裔你又牽涉太深。唉，只是我還不能被抓，所以……哥先說對不起了！改日地府碰面，再跟你好好道歉吧！」徐月承淡淡說完，眼裡閃過一絲悲哀，舉起匕首就朝王煦裔胸口刺下！

王煦裔這才驚覺，周圍已經陷入完全的黑夜，代表自己已完全失去和不亡人一戰的能力。徐月承的這一刀很快，完全沒有徵兆，現場立刻鮮紅血液飛濺，頓時染了地面一片紅。

29.

夜晚的福德祠前廣場，空氣裡的血腥味更濃了。

這一刀來得令人無法防備，快到就連鮮血濺上王煦裔臉頰，也沒有感到太多痛楚，任何人類都無法抵擋這一刀。

可刀刃刺進胸膛僅有一公分的距離，竟停住了。

一隻纖細的手掌緊握匕首刀刃的部分，鮮血不停從掌心冒出，濺了一地，與王煦裔胸膛滲出的血液，溶在一塊。

「幸好被我抓到了……」阿雨強忍著痛，嘿嘿一笑。

入夜後變強的，可不只徐月承一人。

王煦裔眼睛瞪大，不知道這是第幾次被阿雨救回一命，在她眼中，自己不過是見過幾次的普通人，不解爲何要一直替自己賣命。

阿雨隨即收斂笑容，她想反擊，但體力耗費實在巨大，就算已入夜，動作勉強變快，依然不是徐月承的對手。

徐月承從她顫抖的手就可分辨出來，她給阿雨注射的藥劑效果仍在，只是一直在硬撐，難怪剛才混戰時，很輕易地抵擋她的攻勢。

如此一來，眼前的兩人便沒有什麼好忌憚的。

他決定先剷除這名礙事的不亡人鬼差。

徐月承以不亡人身分復活後，發現這群號稱陰間的鬼差們，根本是群腐敗無比的傢伙，因此對他們一點好感也無，恨不得一次除盡。此外，只要沒人替自己評斷善惡，則可永遠存在世間，不受這群不亡人鬼差監視。他便是憑藉著如此單純暴力的想法，一直走到今日。但這一切騷亂的背後，蘊含了另一個更深層的目的，也僅有他一人清楚。

徐月承的力量很大，反手一抽，匕首立刻脫離阿雨的控制，表情變得更難捉摸。

王煦裔胸前的傷口雖不深，也滲出大片血跡，衣物染上怵目驚心的鮮紅，可是他仍奮力朝對方刀械抓去，死命抵擋，想搶先奪下徐月承手裡的匕首，就連手掌也被劃出幾道血痕。王煦裔知道此舉很不智，但他發現阿雨的狀況不對，這是他唯一的選擇，總比坐著等死好上百倍。

二人纏鬥數招，但王煦裔終究不是此刻的不亡人對手，就算技巧熟練，好幾次都差點成功取回匕首，但徐月承力量較大，很快就佔上風。

徐月承本來不是一個好戰嗜血的人，竟也讓王煦裔弄得心浮氣躁，他必須趕緊結束這場意料之外的戰鬥。

他趁王煦裔不注意，取回匕首的控制權，沒給不亡人阿雨反應的時間，突然佯裝要再給王煦裔一擊，惹得阿雨身子一偏，想去阻擋，卻沒發現那把匕首一轉，徑直朝她而來！

原來這次，她才是目標。

「小心！」王煦裔大喊。

一聲悶哼，刀刃沒入身體。

現場頓時鴉雀無聲。

就連出手的徐月承也不禁放大瞳孔。

刀刃直沒入的，是王煦裔背後軀體，他竟直接用身體硬是接下這一刀！

「不欠妳啦……」

王煦裔臉色痛苦，勉強擠出一個苦笑，想站挺身子，卻不受控地朝阿雨方向倒去。這一切發生得太快，在場所有人都沒看清楚。

徐月承想殺阿雨和王煦裔的念頭是眞眞切切的，但如今他眞的下了重手，連徐月承都有些眼神閃爍。

「王煦裔！你……」阿雨不知道爲何他要替自己擋這一刀，若眞是爲回報她，這人也單純得可怕，眼淚不自主冒了出來。阿雨雙手扶著倒下的王煦裔，腦袋一片空白。

不過下一秒，阿雨視線瞥過，王昫裔的背部竟然沒有出現大片血跡，僅有一個拳頭大小的凹陷。王昫裔痛苦掙扎，舉起右手，往阿雨伸去。

掌心似乎有某種物體。

阿雨接過，恍然大悟，立刻會意過來，握拳高舉，奮力捶向徐月承的心窩，動作一氣呵成。明明看似阿雨軟弱的攻擊，竟讓徐月承動作明顯一停！隨著拳頭落下，赫然出現那把本該奪走王昫裔性命的匕首，竟直挺挺地插入徐月承胸口！

事發突然，原來早在數秒前的過招，王昫裔事先發覺匕首上有刀刃卡榫，是供刀刃收納與固定之用，奪刀時，刻意對準卡榫按去，造成刀刃鬆脫。因此徐月承朝他的一擊，刀刃遇肉縮回，但匕首護手部位也撞得他背肌烏青一片，痛得近乎暈厥。

才幾秒鐘的光景，發生了太多變化，彷彿是經過無數排練，但其實只要一方提早預判對手的想法，戰況恐怕陡然不同。

這變化就連一直在旁的廖慶金也看傻了眼，事態超出自己的預期。看三人身形一滯，從他的位置看不清究竟誰勝誰負，只曉得這群人打完，不管勝負爲何，接下來就換自己倒楣了，想活命的話，或許現在趁亂逃跑是唯一的選擇。

廖慶金沒猶豫太久，利用短暫空檔，翻過福德祠廣場的柵欄。

雙手才剛攀過高處平台，發現周邊不知何時，居然站了數十名男女，神情專注，穿著古怪，他們像是在看獵物一樣，死盯著福德祠廣場發生的事情。

在他們中央，站了一位中年男人，他穿了套西裝，與這些人有些格格不入，尤其是他的長相，好似混血的外貌。男人明知廖慶金的存在，但連轉頭都沒有，彷彿一切都在自己的掌握之中，完全摸不透的表情，廖慶金第一次遇上這種人。

「別……殺我，我是無辜的……」廖慶金今晚碰上太多怪事，不敢再拿權威逼人，見這群人來者不善，立刻主動示弱討好。

「說無辜未免太早。」其中那名中年男人睥睨看了他一眼，悻悻然道：「殺你倒是不會在今日，像你這種惡人，我們肯定還會再見面的。」

說話的是冤伸俱樂部的經理威利，那雙鬼魅如深潭的綠眼珠，看得廖慶金心裡一陣毛骨悚然。聽他話裡的語氣，彷彿是來自地獄的判官。

而廖慶金又注意到，中年男人身旁，居然站著另一名眼熟年輕人，正是虎崽。他惡狠狠地注視自己後，然後轉頭看向廣場，似乎更擔憂那頭的發展。

鮮血從匕首刺入胸膛的位置冒出，染上徐月承的潔白襯衫，逐漸擴大。

就算是夜晚的不亡人，受到致命的重創，也很難逃脫一死，就如同稍早那群在追思會的不亡人一樣。

這群號稱永生的不亡人鬼差雖然都經歷過死亡，但面臨死亡的再度到來，其實內心恐懼跟普通凡人都是一樣的。他們不解接下來還有什麼未知的事情正在等待著他們，是重新轉世？或是就此魂飛魄散，消失於無形？就連阿雨自己，內心也對此無窮盡的生命盡頭感到徬徨。

但徐月承這名新任的不亡人，連鬼差也還稱不上，在遭到阿雨的反擊重創後，居然沒有感到恐懼。

他在笑，嘴角咳出一絲血沫，依然笑著。

王煦裔艱難地從地上站起，他背部劇痛，搖搖晃晃，卻不肯坐在地上休息。

儘管王煦裔不解徐月承為何要利用自己，或許是希望由他親手替王暮暮復仇，又或許是真的想利用成為不亡人的短暫期間，保持無罪的假象，才不斷嫁禍給他人，以求洗刷清白，成為真正的不亡人鬼差。

經歷這麼多起連環兇案，隱藏的犯人身分總算被揭開。而他真正的原因，究竟是什麼？

就在他胸口被阿雨插進一刀後，王煦裔同樣感受到一股錐心的刺痛。

三年前徐月承被殺死在郊外時，他沒親眼目睹，而此刻，他成了讓阿月哥再度死去的劊子手。

「……你是真的想殺了我嗎？」王煦裔忍著痛，暫無性命之憂，但也傷得頗重，問道。

「我剛剛說了……只要你還願意替暮暮復仇的話……」

「這我明白。」王煦裔稍微一頓，又說：「你早就知道我姊留下的影帶名稱，代表的意義對嗎？推理別在我死後，『推理』二字，也代表復仇，其實你明明就知道她的意思，但你為何——」

「……有個地方你說錯了，她的原話是：在我死後別推理。她話說得很白，我當然知道她想表達的意思是：『在我死後，別復仇』……是我重組了字的順序，說來好笑，只因為我很後悔……如果當年我阻止了她，『復仇』……根本不用出現在她死後……」

徐月承咳出一大口血沫，眼神逐漸渙散。

但這段詭異的對話，卻激起王煦裔不同的想法。

阻止王暮暮？又是為了什麼？難道是我弄錯了……

同時他的目光停留在匕首上，刀刃卡榫的地方，竟與自己認知的相反，豈不是我剛才一直按錯位置？那剛才是怎麼把刀刃藏起的？王煦裔瞪大眼，恍然說道：「你是故意……把匕首反折的？」

徐月承此刻跪倒在地，嘴角帶笑，身子微微朝王煦裔前傾。

王煦裔立刻迎上，抓住他肩膀以免倒下，他聽見阿月哥，以極細小、但又溫柔的聲音在他耳邊說道：

「一直到死，我都深愛著暮暮，我願意替她做任何事……這樣也好……很好……」他滿足地掛著微笑，留下這句意味不明的話，眼睛再也沒打開過。

30.

市府廣場前一片混亂，焦黑的痕跡到處都有。隨著入夜越深，柯憲隊長和郭德海已忙碌了一整晚，他們除了協助傷者就醫，更要調查這場意外背後的元兇。過去碰過不少奇奇怪怪的案件，但從沒遇過像今日這種情況。

一大群罹難者都集中在前排區域，他們外觀套了件普通衣物，但內層的衣服倒是很少見，不太像普通人會穿的款式，風格都具有一定的歷史。但更詭譎的是，正當醫護人員把普通市民送醫時，郭德海注意到原本集中的罹難者，竟然被一群十來位的陌生群眾帶走。

起初郭德海以爲是熱心的市民前來協助，但隨即發現不對勁。這群人速度不似常人，幾乎一人就可帶走一名死者，而領頭的那名男子，除了幫忙派遣人力救援一般民眾，更刻意不讓死者曝光身分。郭德海本來要上前詢問這男子是哪個單位的，但他一回頭，那雙綠色的眼珠，彷彿看透了自己，令他前進的腳步一緩。郭德海忽然聯想起，這陣子碰上的一連串詭異案件。

這人一定不是正常人。郭德海強烈的直覺這樣告訴自己，看來只能等王煦裔回來，他還有好多問題等著他解答。

這場驚天的追思會騷動，警方正積極查緝背後主使，而主辦人廖慶金居然憑空消失，就連健身房、賭場、酒吧都不見他的人影，引起警方高度懷疑他與這件爆炸案的關聯。整起事件，不幸中的大幸，是許多民眾就醫後，大多都是輕傷，而眞正罹難的不亡人們，早就被威利帶隊清走，警方正擴大查緝這群不明人士的下落。

在案發後三日的晚上，偵查隊裡依舊燈火通明。

柯憲在辦公室突然接到電話，居然是失蹤一陣子的王煦喬。隊長先是一愣，然後一頓爆罵，但知道這傢伙此刻打來一定有他的原因。果眞如他所想，這小子居然掌握到劉火憑市長的死因，而且消失的廖慶金此刻正與他在一起。

電話還沒掛，王煦喬又透過電子信箱，寄來另一個有附檔影片的信件。

『劉火憑市長的案件是廖慶金幹的，去調查他手機，就知道他是接了一個委託案，就連報酬金流都有掌握到。不過，我想講的是另一件案子，證據都在檔案裡面，剛剛寄過去了。』電話另一頭，王煦喬語調平穩的說，聽不出太多的情緒。

「哪一件？」柯憲內心疑惑，以爲是綠川或逢甲命案的線索，狐疑地點開檔案，發現是一個影片檔，檔名是一連串數字：20180427。

這個檔案，正是廖慶金藏匿在神桌底下的隨身碟內容。

「喂，有密碼，打不開啊！」柯憲點了兩下，立刻跳出視窗。

『輸入20120427，那是廖慶金女兒的生日。』

「他女兒生日？我印象中，廖慶金的女兒好像已經不在了。」柯憲一邊輸入密碼，一邊翻閱廖慶金的個人檔案。「好了！我打開檔案了。」

『對，在她六歲那年生日，20180427那天往生的，影片檔名是廖慶金刻意修改來紀念的。』王煦裔在電話另一端稍微一停，又說：『那天還有另一個人也過世了，就是徐月承。』

「誰？你說那個刑警？」柯憲腦袋一驚，忽然覺得自己老了，經不起太多預期之外的變化，他壓根沒想到，居然又牽扯出徐月承刑警的命案。

原來這支影片是當年三月二十六號所攝，當時這支加密的影片裡，起初是廖慶金和女兒正在病房裡玩樂自拍，但突然來了一通電話，廖慶金沒有迴避，直接通話起來。從對話的內容可知，來電的是劉火憑，正在和廖慶金來回確認該怎麼處理徐月承刑警的事。從談話中，透露很多兩人未來犯案的細節，並約好在下個月的四月二十七日執行。

但廖慶金一定沒想到，當天在郊區槍殺徐月承後，同一個晚上也接到女兒病逝的噩耗，這一切明明沒有關連，卻同時發生在一天之內。

在此悲劇後的某一時間，廖慶金回顧與愛女的生前記錄時，無意間發現這支影片，居然錄下了當時和劉火憑的對話。他本來就提防劉火憑會出賣他，因此刻意將此檔案保留下來，他認爲總要握著對方的把柄，才足以讓自己安心，卻沒想到當天在神壇一個無心的習慣動作，竟讓在神桌底下的王煦裔發現這個藏匿在暗處的祕密。

柯憲看完後，坐在辦公室電腦前，深吸了一口氣。這個加密檔案，可成爲徐月承命案的關鍵證據！

他立刻叫上郭德海，開車前往王煦裔告訴他們的地點。

位於一所高中旁的廢棄古董店。

他們抵達後，郭德海舉起手電筒，眉頭皺起，望著滿是蜘蛛網和雜亂的貨架，要不是王煦裔告訴他來這裡，自己根本不可能來此地找人。

就在這個時候，柯憲和郭德海同時聽見位於店內深處有騷動傳出。

兩名刑警戒心升到最高，舉起手槍和光源，一步一步朝內部移動，發現是一道往下的窄梯，盡頭有道生鏽鐵門，看起像是個廢棄倉庫。

郭德海把簡易的門鎖一開，裡頭角落有個人影正在晃動，馬上大喊：「通通不准動！」

「幹！你們動作實在有夠慢！」一個滿頭亂髮、穿著與追思會當天同件西裝的廖慶金，一看到警察，立刻破口大罵。

「就你一個人？」柯憲眼神朝四周望去。

「不要裝了啦！抓我的那個王煦裔和一個長頭髮的女生，不就是你們叫來弄我的！我一定要投訴你們，哪有人這樣搞一個立委參選人——」廖慶金眼珠血紅，看起來一陣子沒好好睡覺了，此時正在氣頭上。

柯憲哪管他這麼多，走過去，一腳把他踹翻在地，年輕時他辦案的狠勁可不比隊上任何人差，冷冷問道：「他們人呢？」

「十分鐘前還在啊……」廖慶金沒想到這位平時看起來還算老實的偵查隊長，翻起臉來比誰都快，開始有問必答，就怕這兩個刑警，又把自己扔在陰暗的地下室不管。

「劉火憑市長和徐月承刑警，這兩件案子，都跟你有關對吧？我們要請你來局裡一趟，最好老實一點，聽到沒？」郭德海一把將他從地上抓起，身上撲鼻的臭味嗆得他差點打噴嚏，心裡暗罵王煦裔這傢伙，爲何不早幾天通報，這陣子加班都累慘了。但下一秒，又暗自慶幸還好有這名學弟，否則這件大案，不知何時才能有辦完的一天。

尾聲

三十分鐘前，廢棄古董店。

王煦裔剛結束和隊長的通話，他站在海百合化石前，百感交集，目光凝視著化石邊緣一個小角落，被人用利器刻上「月」字。年代已久，但看得出這是王暮暮的筆跡。

在王煦裔心中，儘管每個案件都已有了解釋，就連劉火憑市長的命案，王煦裔雖沒直接物證，但也從廖慶金口中，間接證實是受到他貼身保全海羊的協助。是廖慶金殺害市長後，要求海羊前來載他去附近的飯店更衣盥洗，假裝成剛泡完溫泉的模樣，只要郭德海他們詳加調查，一定能查到廖慶金出入飯店的紀錄。

但仍有一件事，令王煦裔百思不解。

既然王暮暮要阿月哥不要復仇，只要留下那卷《推理別在我死後》的微電影，能讓阿月哥讀懂訊息即可。但又為何要故意把拍攝自己受虐的影帶流出，還讓阿月哥發現，這不是很矛盾嗎？按常理來說，這一定會引發恨意與復仇舉動。姊姊會做出這樣的事嗎？

此時，安靜在旁的不亡人阿雨，忽然開口：「你知道這間古董店，房東和老闆，其實是同一人嗎？不然爲何這間破店，到現在還存在，沒人理會。」

「同一人？不對啊，阿月哥說是房東老鼠要欺負我姊，他才氣憤失手打死對方……難道他記錯了，還是……」

「所以，你確定徐月承講的，全都是眞的嗎？」阿雨抬起頭說。「話裡有眞有假，眞正的計畫恐怕只有他才知道，唯獨從計畫背後的動機去思考，才能有機會解答。」

「他有什麼理由要騙我？這樣對阿月哥來說，有什麼好處？」

「對他沒好處，但對王暮暮來說，關係可大了。你可知道凡人死後，被鬼差判定有罪之人，魂魄直墜地府，除非改判，否則需等懲罰完畢才能轉生？」

阿雨這段話，頓時讓王煦裔內心一驚，過去他從來沒想過，但這一瞬間，他突然明白了，腦海最後一塊缺失的拼圖，緩緩浮現。

「當年在這間店裡，老鼠並非是徐月承誤殺的，眞正犯下殺人案的，是你姊，王暮暮。」

王煦裔倒抽一口氣，他不是沒想過這種可能，但機率太低，不像姊姊會做出的事。

阿雨輕嘆口氣，繼續說道。

在徐月承原先的說法中，表面上是他爲了拯救被侵犯的王暮暮，才失手重擊老鼠，導致對方意外身亡。但事實上，是王暮暮早在店裡，不慎將意圖不軌的老鼠殺死，等到趕到現場的徐月承發現後，爲了讓王暮暮順利脫罪，他才想出湮滅屍體的計謀，並且把殺人罪一肩扛起。只是後續引發劉火憑等人發現是他們二人在搞鬼，趁機要脅王暮暮等卑劣行徑，這變化並沒有在徐月承的預期內。

王暮暮不希望徐月承替她復仇，應該是在最後階段，她想勇敢承認殺人過錯，不要再讓徐月承背負罪惡而活，否則他向那四人報復後，警方很容易追查到這場古董店命案，一旦涉及毀屍滅證，危及阿月哥的未來。

直到徐月承遇害身亡，自己也成了不亡人後，他開始尋找過世多年的王暮暮的下落，心想是否也像他一樣，成了不亡人。但實際上，王暮暮早就因爲被暗中在人間觀察凡人的不亡人鬼差記錄殺人犯行，死後靈魂早就在地府受罰，這點讓徐月承非常不滿。

「一直到死，我都深愛著暮暮，我願意替她做任何事……」

「所以……除了向他們四人復仇之外，他製造出這麼大的動亂，眞正的目的是讓不亡人鬼差把矛頭指向阿月哥自己！」王煦裔瞬間明白：「他希望把動亂搞大，讓他成為不亡人間的目標，也視他為當年眞正殺害老鼠的兇手，然後……」

「沒錯，他要製造不亡人對他的仇恨，更希望讓鬼差以為自己判錯了，改讓王暮暮超生。或許徐月承起初沒想殺我，目的就是希望至少要有存活的不亡人能發現這一切。」阿雨接下他想說的話。

王晌裔呆立在海百合化石前，頓時不知該替自己姊姊感到欣慰，或是替阿月哥覺得不值。原來這場巨大的騷動背後，除了復仇，還有這樣隱蔽的原委，以及一段近乎癲狂的愛。除非透過熟悉不亡人規則的阿雨解說，否則徐月承的所有舉動，將被外界視為一個全然的瘋子。

「這些，妳早就知道了？」王晌裔沙啞著聲音，眼神望向阿雨。

阿雨輕輕搖頭。

「是我告訴她的。」一個陌生男人的聲音忽然傳來，無聲無息，卻又像是一直潛伏在他們周邊，只是此刻才發聲。「王晌裔我觀察你很久了。」

王晌裔猛回頭一看，角落站了一名穿著名貴西裝的混血中年男人，相貌初看很陌生，但再看一眼，突然驚覺不對勁。

「你是我在夢中見到的人！」王晌裔驚呼。

「看來你的記憶，沒有因為轉世而全部消失。」

「轉世？你到底在說什麼？」

王眗裔一臉困惑，強烈直覺告訴自己，眼前這位一定不是普通人。但這番話，竟讓阿雨渾身一震，她瞥向王眗裔，又看著威利，不敢置信。想起王眗裔身上帶有不亡人的氣息，原來不亡人生命終結後，眞的有來世。

威利像是看穿阿雨的想法，點了點頭：「妳想得沒錯，不亡人生命的盡頭，有著無限種可能。在你們成爲不亡人的那一刻起，同時也是將凡人塵世欲望的延伸，人是鬼，鬼即是人，人會犯的錯，鬼差也會。」

阿雨默默看著威利，心想難道那天在俱樂部給她喝下的毒酒，其實只是個幌子，威利眞正的目的，是要她協助王眗裔而已。

「徐月承利用了不亡人規則的漏洞，也是利用了人心。可惜他高估了這群不亡人，他們安逸太久，對恨意早已麻痺，成天只想窩在俱樂部享樂。不過他仇也報了，所以徐月承也不算白忙一場。居然爲了愛情，放棄自身無窮的生命，能獻身到如此程度，我對他表示敬意。」威利說。

王眗裔無奈地看向窗外黑夜，不知爲何，從警多年，第一次如此希望兇手能達到他的目的，頓時感到一陣諷刺。「那我姊呢？她什麼情況都沒改變嗎？」

「王暮暮傷人致死雖不可取，考量當年她碰上的情況，經過這陣子阿雨的重新調查，將赦免懲罰，直接轉生。」

「都這麼多年了，現在才調查清楚，這未免也太……」王眗裔忍不住抱怨。

「你不是認爲陰間與人間都差不多嗎？」

「唉，算了，陰間的審判機制我不清楚。但不管如何，我得要跟阿雨道個謝。」

王煦裔主動向身旁的阿雨點點頭，突然感到好奇，又轉向威利：「你究竟是什麼人？爲何知道這麼多？」

「只是冤伸俱樂部的經理罷了。」他綠色的眼珠閃動異樣的光芒，輕輕一笑：「以前的人都稱呼我威靈公，聽起來不是很符合我現在的形象，所以還是改叫威利吧。」

這名神祕詭異的俱樂部經理語畢後，走出古董店，一下子就消失在黑夜轉角。

王煦裔看著他的背影，想起過去在眞相調查工作時，曾看過的民俗資料，喃喃說道：「威靈公……不就是城隍嗎？」

這陣子經歷太多事，王煦裔站在海百合化石掛飾前，怔怔想起過去阿月哥和姊姊互動的往事。已不在人間的他們，卻因一場意外，爲了他人互相犧牲，即便死去後，依然惦記著彼此。

王煦裔不曉得阿月哥消失後，下一個階段是去哪裡，但對他來說，這兩位影響自己甚深的人，衷心期盼他們能在另一個世界相遇。

他從口袋裡掏出阿月哥轉交給他保管的雕刻刀，靠近海百合化石的角落，靜靜刻下另一個「暮」字，就在「月」字的旁邊，然後微微一拜。

王眗裔忽然想起不久之前，那個對鬼神之說毫不相信的自己，明顯感受到他對這個世界的認知起了翻天覆地的變化。

「看來陰間也沒比人間好到哪去，我得好好把握還在人世的時間才行。」王眗裔彷彿在跟自己說，又像是說給身旁的阿雨聽。

阿雨白了他一眼，卻也沒否認，嘴角忍不住露出似笑非笑的表情。

騷亂過後，人間陰間的規則依舊，沒有人會記得這場動亂背後的眞實原因。人是鬼，鬼即是人，或許在未來某一天，除了平時的眞相調查工作外，這位年輕刑警還會有更多不亡人的案件需要處理。

後記

死亡，自古以來對許多人來說是禁忌不可碰觸之物，但同時，人類也不停從科學、宗教、哲學、文學等領域不斷思考其意義，它就像一堵灰暗薄牆，大家都拿起各自擅長的工具，試圖從牆上鑿出一點窺探生命祕密的孔隙。

老實說，我原先就像本書主角王煦裔一樣，不信鬼神，但同時也對人類生命結束後，對牆後的世界感到好奇，甚至充滿畏懼。（原本倔強打算放下的雙手，不自主地又朝空中拜了兩拜。）

本書設定了一個既非生、也非死的模糊地帶，以一場連環殺人兇案爲引，延續了個人對生命終點後的想像。若實在摸不透牆後的奧祕，那麼就延續現有世界的認知吧！不論美好的、糟糕的、甚至混亂或怠惰，一切都照舊如常，不亡人這樣的陰間鬼差，也這樣悄悄浮現在我腦海中。

《冤伸俱樂部》雖是帶有奇幻色彩的刑偵小說，但故事的核心依然圍繞一個身爲人類最炙熱的情感：愛情。

究竟死後雙雙互相愛戀的靈魂，可以獻身到何種程度？我想透過非生非死的設定，給了渴望逃脫陰間法條制裁的角色，一個奮力一搏的小小空間。

結尾徐月承與王暮暮是否再度相遇我們不得而知，或許眞的如王煦喬最後的結論，陰間沒比人間好到哪裡去，把握當下，是遲遲鑿不開那道神祕之牆的我們，唯一能做的事情。

（本文後記寫於作者另一部作品《我在犯罪組織當編劇》入選2022年釜山影展亞洲內容暨電影市場展時期，動筆此刻正搭著傳說中的屍速列車，看著不停開開關關的透明閘門，前往韓國釜山而成。）

林庭毅

國家圖書館出版品預行編目資料

冤伸俱樂部 / 林庭毅著 一初版一台北市：奇幻基地出版；家庭傳媒城邦分公司發行；2022.10

面：公分 . –（境外之城：.143）
ISBN 978-626-7094-99-0（平裝）

863.57 111014365

ISBN 978-626-7094-99-0
Printed in Taiwan.

※ 本故事內容純屬虛構，如有雷同，純屬巧合。

境外之城 143

冤伸俱樂部

作　　者／林庭毅
企畫選書人／張世國
責任編輯／張世國

發 行 人／何飛鵬
總 編 輯／王雪莉
業務經理／李振東
行銷企劃／陳姿億
資深版權專員／許儀盈
版權行政暨數位業務專員／陳玉鈴
法律顧問／元禾法律事務所　王子文律師
出版／奇幻基地出版
　城邦文化事業股份有限公司
　台北市 104 民生東路二段 141 號 8 樓
　電話：(02)25007008　傳眞：(02)25027676
　網址：www.ffoundation.com.tw
　e-mail：ffoundation@cite.com.tw
發行／英屬蓋曼群島商家庭傳媒股份有限公司城邦分公司
　台北市 104 民生東路二段 141 號11 樓
　書虫客服服務專線：(02)25007718・(02)25007719
　24 小時傳眞服務：(02)25170999・(02)25001991
　服務時間：週一至週五09:30-12:00・13:30-17:00
　郵撥帳號：19863813　戶名：書虫股份有限公司
　讀者服務信箱 E-mail：service@readingclub.com.tw
　歡迎光臨城邦讀書花園 網址：www.cite.com.tw
香港發行所／城邦（香港）出版集團有限公司
　香港灣仔駱克道 193 號東超商業中心 1 樓
　電話：(852) 2508-6231 傳眞：(852) 2578-9337
馬新發行所／城邦（馬新）出版集團
　【Cite (M) Sdn Bhd】
　41, Jalan Radin Anum, Bandar Baru Sri Petaling,
　57000 Kuala Lumpur, Malaysia.
　Tel:(603)90563833 Fax:(603)90576622
　Email:services@cite.my

封面插畫／Blaze Wu
封面版型設計／Snow Vega
排　　版／邵麗如
印　　刷／高典印刷有限公司
■2022 年10月27日初版一刷

售價／350元

廣　告　回　函
北區郵政管理登記證
台北廣字第000791號
郵資已付，免貼郵票

104 台北市民生東路二段141號11樓

英屬蓋曼群島商家庭傳媒股份有限公司城邦分公司 收

請沿虛線對摺，謝謝

奇幻基地

每個人都有一本奇幻文學的啓蒙書

奇幻基地粉絲團：http://www.facebook.com/ffoundation

書號：1H0143　　　　書名：冤伸俱樂部

請於此處用膠水黏貼

奇幻基地

讀者回函卡

謝謝您購買我們出版的書籍！請費心填寫此回函卡，我們將不定期寄上城邦集團最新的出版訊息。

姓名：________________________　　性別：□男　□女

生日：西元__________年__________月__________日

地址：____

聯絡電話：________________傳真：________________

E-mail：____

學歷：□1.小學　□2.國中　□3.高中　□4.大專　□5.研究所以上

職業：□1.學生　□2.軍公教　□3.服務　□4.金融　□5.製造　□6.資訊

□7.傳播　□8.自由業　□9.農漁牧　□10.家管　□11.退休

□12.其他________________________________

您從何種方式得知本書消息？

□1.書店　□2.網路　□3.報紙　□4.雜誌　□5.廣播　□6.電視

□7.親友推薦　□8.其他________________________

您通常以何種方式購書？

□1.書店　□2.網路　□3.傳真訂購　□4.郵局劃撥　□5.其他

您購買本書的原因是（單選）

□1.封面吸引人　□2.內容豐富　□3.價格合理

您喜歡以下哪一種類型的書籍？（可複選）

□1.科幻　□2.魔法奇幻　□3.恐怖　□4.偵探推理

□5.實用類型工具書籍

有更多想要分享給
我們的建議或心得嗎？
立即填寫電子回函卡

您是否為奇幻基地網站會員？

□1.是□2.否（若您非奇幻基地會員，歡迎您上網免費加入，可享有奇幻基地網站線上購書75 折，以及不定時優惠活動：http://www.ffoundation.com.tw/）

對我們的建議：________________________________

____

____

請於此處用膠水黏貼